Kadokawa Fantastic Novels

問題兒童的最終考驗

Last Embryo 4 王者再臨

「比起預定費了更多工夫呢，
蕾蒂西亞姨母大人。」

「……是啊，拉彌亞。」

「對付海獸群果然還是會讓人很疲勞。」
「畢竟那是成為女王騎士的最終考驗，
怎麼可能會簡單呢。」

4
Last Embryo
竜ノ湖太郎
Tatsunokotarou
ももこ
illustration
王者再臨
問題兒童的最終考驗
Kadokawa Fantastic Novels

封面、內文插畫／ももこ

Last Embryo 4

Contents

序章

我看見了已經捨棄的過去世界的夢境。

自己曾經嚮往的箱庭之外的世界。

越過牆壁、越過海洋、越過國境……

和連長像都不知道的雙親和姊妹一起，不受任何事束縛，帶著笑容四處奔跑的自己。

那是無法實現的夢想。

自己不被允許擁有的家人。

想著總有一天會互相殘殺的姊妹，我——久遠彩鳥。

今天也在地獄中揮動著蛇蠍之劍。

＊

（——……天亮了嗎？）

在四處染血的海岸上，筋疲力竭的我背靠大樹樹幹，緩緩地睜開雙眼。看樣子自己剛剛似乎稍微失去意識。

真是太大意了，我露出自嘲的笑容。

雖然是因為這次測驗比過去更加嚴苛而情有可原，但是萬一被斯卡哈老師發現，真無法想像會遭到何種處罰。

被倦怠感籠罩的我並沒有抬起頭，直接開口說道：

「……這樣真不像您呢，斯卡哈老師。居然被區區在下察覺到您的動靜。」

「哎呀，妳醒了啊？」

背後大樹的另一側傳出女性的說話聲。

我不知道她從什麼時候就站在那裡，然而這個人能夠在我無法察覺到其存在的情況下接近到這種距離，真不愧是我的老師。

伸手把愛劍拉近的我並沒有回頭，繼續和背後的老師對話。

「我剛剛才醒來，對付海獸群果然還是會讓人很疲勞。」

「畢竟這可是成為女王騎士的最終測驗，怎麼可能會簡單呢。不過就算是那樣，在敵地睡著還是不妥吧？萬一被人趁隙偷襲，妳打算如何——」

現場響起空氣被切開的颼颼聲，蛇腹劍的鋒芒畫出一道弧線。

被揮動的劍刃蘊藏著能斬斷一切的銳利，逼近斯卡哈老師的頸部後，在只差毫釐的位置刺進大樹的樹幹。

「請您不必擔心。就算遭到惡徒襲擊，我也會像這樣俐落地擊退對方——您想看的話，我也可以現在就證明一下喔。」

大概是因為經歷激戰後的情緒仍舊激昂，我對老師表現出比平常更強烈的鬥志。雖說是自己的老師，不過遭到對手輕易靠近還是讓我感到有點羞愧。

即使我已經把海獸全部殺光，不過此處依然是敵地，很有可能會在睡夢中遭到敵襲。為了自我警惕，我已經做好和她一戰的心理準備，然而老師卻沒有提及此事，只是以平淡語氣繼續對話。

「嘻嘻，謙虛但強勢正是妳的優點呢。妳沒有必要那麼害怕，我只是介意妳遲遲沒有回去才過來看看情況。」

斯卡哈老師掩著嘴，似乎很愉快地說道。

這句話讓我吃了一驚，也有點困惑。

因為我完全沒預料到她會說出如此溫和的發言。

以為老師會不由分說地斥責自己而滿心警戒的我略感尷尬地收起劍。

「失禮了。畢竟斯卡哈老師您以人類之身到達神域之武技，還因為技藝高超而被比喻成武神、女神、鬼神、惡魔、魔神等並受到敬畏。我完全不知道這樣的吾師居然能做出如此人道的關切行動，正確說法是這麼有人情味的體貼行為，實在非常冒犯。」

「妳不要因為我心情很好就跑進地雷區亂晃。」

再胡說八道我可會殺了妳。我的老師大人帶著委婉的殺氣這樣補充了一句。她居然在動手前先動口，看樣子心情真的很好。

視線轉向染血海岸的我覺得有點好笑，舉起手掩住嘴角。

「我似乎真的多有得罪，請您見諒。」

「雖然我絕對不會原諒妳，但我很喜歡妳這種毫無顧忌又具備骨氣的個性——那麼，凱爾特神群的大敵，海獸洛克藍（Loc Lann）實際上如何呢？」

「正如傳言，牠們是強勁的敵人。要不是有老師您傳授的各式武技，我恐怕無法生還。不過巢穴已經被我破壞，今後應該不會再繁殖增加。」

我把愛劍當成拐杖站了起來，受疲勞影響的部分主要是下半身。

海獸是過去不曾面對過的龐大堅硬巨獸。我身上並沒有具備破壞力的恩惠，和巨大敵人交戰時，只能採用靠移動來擾亂對方的戰法。

雖然靠著多次從甲殼縫隙給予無數連擊來把敵人一隻隻解決，卻是不眠不休地戰鬥了整整三天三夜。

回想起來，這只能稱為奇蹟般的勝利。如果自己沒有發揮出斯卡哈老師所傳授的一切，別說勝利，恐怕連生還都不可能吧。

然而斯卡哈老師卻輕輕搖頭，否定我的想法。

「沒那種事。謙虛是很好，但是妳不該對自己的評價過低。這次和海獸的戰鬥中，我傳授的技術能派上用場的機會應該不多。」

「不，並不是那樣……」

「因為我並沒有把打倒海獸的必要祕技傳授給妳啊。哎呀，妳能打贏真的是很有一套。」

——……

「咦？」

「嗯？」

「老師，您剛才是說……」

「所以啊，我是說我沒有把打倒海獸的必要祕技和武器傳授給妳。原本我已經安排好要等妳徹底敗給海獸，身心都殘破不堪時再正式教導祕技……沒想到妳居然可以只靠基本武技就強行突破測驗，這結果就連我也沒有預料到呢！」

真是了不起……斯卡哈老師似乎很滿意地點了點頭。

得知老師的惡劣畜生行徑後，讓我忍不住帶著殺意握緊愛劍的劍柄——不過渾身是傷的自己根本沒有勝算，只能動員全副自制力強行忍下。

斯卡哈老師悠哉邁開腳步靠近海獸的屍體，心情愉快地開口說道：

「好啦，妳也別那麼生氣。為了把祕技和武器傳授給妳，需要這傢伙的角或骨頭。所以不管怎麼樣，和海獸交戰都是無可避免的事情。」

「不，不管怎麼樣順序都很奇怪吧？既然只需要那些，一開始就吩咐我來取得角或骨頭不就可以了嗎？」

「咦？為什麼？」

好，我要殺了她。

自己在內心鄭重發誓，就算目前辦不到，將來總有一天要親手打趴這個惡毒的女傑。

斯卡哈老師沒有理會旁邊的我，而是捲起袖子說道：

「好啦！那麼現在就開始期待已久的素材挑選大會吧！要做成槍、劍，還是弓呢？不快點選好會有危險，所以要快點分類才行！」

「……您是說會有危險嗎？但是我已經把海獸都消滅了。」

「噢，那根本是白忙一場。因為這玩意兒是從前巨人族——名為弗摩爾族的巨人族身上剝落下來，類似星靈碎片的東西。牠們的屍骸也只要經過一段時間就會融入大地回歸大海，某天再度復活。和最近引起傳聞的『魃』類似。」

斯卡哈老師靠近被棄置在海邊的海獸屍體，開始挑選合適的外殼。

比起這種行為，她剛才的發言更讓我感到不解。

「您說牠們是……從巨人族身上剝落的力量嗎？但是這句話聽起來像是在說巨人族被賜予了星靈的力量。這不是很奇怪嗎？」

講到巨人族，無論在哪個傳說裡應該都是侵略者的代名詞。

北歐神群、希臘神群、凱爾特神群，這些神話全把巨人族描寫成擁有龐大力量的最強敵對勢力。至於弗摩爾族，我記得是凱爾特神群的大敵。

聽說連這個諸神的箱庭也沒有成為例外，巨人族同樣作惡多端。

在最近的事件裡，比較有名的例子應該是十年前遭到襲擊的水與大樹之街「Underwood」吧。當時據說是由擁有龍角的強大獅鷲獸和同伴們一起守住了城鎮，不過這場巨人族發動的大襲擊依舊讓人記憶猶新。

「是啊，巨人族是侵略者的代名詞，我也能理解妳感到納悶的反應。只是弗摩爾族在巨人族中處於有點特殊的立場，雖然他們**到最後**成為巨人族——被稱為『不共戴天（世界之敵）』的存在，但是弗摩爾族原本是守護星之大動脈的巨人。」

老師的發言讓我很驚訝。星之大動脈是為了讓恩惠循環的最重要地區，大部分都散布於特殊的地質和地域。

外界比較有名的星之大動脈包括美國的大火山地帶「黃石公園」、造成舊生物時代滅絕的「西伯利亞暗色岩」，以及最大的氣候頂極群落「亞馬遜雨林」。

還有我出生的國家——不，該說是我**原本應該出生**的國家。

極東的災害大國，日本。

這些地點都屬於「星之大動脈」。和大動脈相鄰的地區有容易出現多神教神群的傾向，在箱庭世界的文化圈裡也經常被那樣區分。

除了前述的大動脈，雖然還有大陸板塊的龜裂和熱帶雨林等分割為天地的大動脈，不過凱爾特神群誕生的極西之地應該不符合那種狀況。

以倫敦為代表，四處都可看到尖塔群式城鎮的英國文化得以如此發達的理由之一，是因為那裡幸運擁有安定的地質與氣候。

西歐諸國正是因為地盤穩定，正是因為遠離星之脈動，才能獲得擁有現今景觀的文明——向我說明這些事情的人，不就是斯卡哈老師本人嗎？

「噢，嗯，我知道妳想說什麼。簡而言之，妳是想主張英國和愛爾蘭附近不可能會有星之大動脈吧？」

「是的。如果該地出現星之大動脈，將會引發嚴重事件。那裡可是耐震文化幾乎不存在的土地，未曾累積災害應對經驗的英國萬一出現大動脈，不到一年就會毀滅。」

「我可以同意這個論點。不過，**以前**並不一樣。遠在我誕生之前的悠久過往，『來寇之書（Érenn Grimoire）』的真典還存在的時期並非是如此。

——順便問一下，妳聽說過『Astra』嗎？」

聽到老師的語氣突然變得認真，我也站正姿勢。

「『Astra』……您是指拉丁語嗎？還是梵語？」

「我指雙方。這個名詞原本是單一詞語，是『天軍（Deva）』的前身為了從會在後世降臨的終極滅亡中拯救世界，才把這個恩惠分成兩個意思推廣出去。」

也就是所謂的原始印歐語圈……斯卡哈老師豎起手指繼續說明。

一般來說，「Astra」這個名詞有兩個意思。

第一個意義是在西歐圈拉丁語裡的星、新星。

第二個意義是印度圈梵語裡的武器。

在西方被當成新星，在東方被當成武器的古代雙關語。如果原本並非兩種意思，而是擁有一個意思的詞語——

「『Astra』……是指『星之新武器』嗎？」

「哦，妳巧妙組合起來了嘛，不愧是我的愛徒——換句話說，所謂的『Astra』是一個記號，隱藏於各種為了迴避人類的終極性毀滅所必要的最終武器裡。神話裡出現的星牛、星鑰、還有乙太粒子都是符合的例證。」

挑選海獸屍骸的斯卡哈老師看上最巨大的海獸，朝著屍體衝了過去。

「當然，並不是所有武器都被賦予了這個名字。畢竟被授予加冕石（Lia Fail）和大鍋的凱爾特神話並不在原始印歐語圈的範圍內，記號在混入他國文明的過程中發生變化的情況也不在少數。

Astra、Astel、Stella 這些在廣義上代表『星』的暗號也是如此，還有星的形狀與傳說裡同樣隱藏著『Astra』。像是極東之地也留有一把『Astra』之劍。」

「您是說日本……有源自星靈的劍嗎？」

「嘻嘻，這件事以後再說。我之所以選擇這個海獸作為武器的素材，是因為牠們身上宿有 Astra 的殘渣，也就是凱爾特神話裡出現過的大鍋之力。」

「啊，我也有聽說過大鍋。是指那個能夠生產無限糧食，而且烹煮屍體就可以讓死者復活的達格達(Dagda)的大鍋吧？據說是聖杯的原型……」

「不不，我說的大鍋和那個不同……或者該說是完全相反。弗摩爾族之王擁有的是死之大鍋，但是大神達格達的大鍋據說擁有烹煮屍體就能讓死者復活之力吧？不過現在只剩下把女王綁在萬聖節靈格上的力量。」

斯卡哈老師的態度雖然輕鬆，卻嚇得我心驚膽戰。

面對身為太陽星靈的女王，能給予「Queen Halloween」這個雛型並將她封閉於其中的武器未免太超乎常規。那個名為「Astra」的武器明明充其量只是本體的殘渣，卻擁有如此龐大的力量嗎？

「弗摩爾族使用 Astra 製造出光憑目視就能造成死亡的魔神，也就是最強的弒神殺手之一——死眼的巴羅爾(Balor)，這個海獸則是那份力量的殘渣。」

唰！斯卡哈老師揮動左手。

她只使出一擊，蛇腹劍就劃出七道弧線，削下外殼。我的攻擊從來不曾對外殼發揮效果，老師的蛇腹劍卻在轉瞬間開始把海獸解體。短短數秒之內，發出光芒並描繪出重重弧線的劍閃讓海獸分離成肉和骨頭。

即使是相同的劍技，也會因為武器不同而出現如此誇張的差距嗎？我忍不住倒吸了一口氣。

「嘻嘻，如何？這把劍很銳利吧？」

「……是的。要是有那把劍，我應該不需要在這裡東奔西跳三天。」

「就是因為會產生那種膚淺的想法，我才沒把劍給妳。妳要當成這是愛之深責之切並原諒我吧。」

「我不會原諒您，絕對不會。」

「妳還真是難纏啊。要知道妳的身體素質太優秀了，居然不到三個月就把我教導的武技練到精通，在我的弟子排行榜中可是名列第二的功績。」

雖然斯卡哈老師豎起兩根手指稱讚我，我反而因為得知過去有同門比自己更快到達神域而掩不住驚訝情緒。看來古代的凱爾特人是天生的戰鬥民族。

「在教導那孩子的時候，身為老師的我其實在很多方面都失敗了。所以後來我有自我反省，決定就算要傳授奧祕，也要先摸清弟子實力的極限……不過呢，沒想到妳真的能打贏！是我稍微小看了妳的執著！」

斯卡哈老師搔著臉頰露出似乎有點困擾的笑容。

聽到她這番解釋，我自嘲地笑了。

如果斯卡哈老師真的是那樣想，對自身評價過低的人反而是她。要說我是把執著轉化成力量，確實有一部分是那樣吧。

我拿起劍的根本理由，是源自於死者特有的虛妄執著。

要殺掉自己厭惡嫉恨的姊妹，轉生到箱庭外面的世界。

雖然沒有能讓死者在箱庭內蘇生的恩惠，但是有辦法讓對象轉生成完全不同的生命體。

對諸神的箱庭來說，死這種概念極為特殊。

例如只要自身價值能夠獲得擁有其他宇宙論的諸神認可，就算在外界已經失去生命死亡，還是可以在宇宙論（Cosmology）異於人類的世界裡確立靈格。

那類宣稱信仰可以讓人迴避死亡的宗教典籍正是源自於這個轉生法。信仰神明的行為，等於是把死後的自己委交給神明。

死亡的肉體回歸大地而精靈化的情況，會成為藍星的精靈。

藉由崇拜祖靈的概念而神靈化的例子，會成為依據神群宇宙論的神靈。

至於死後被崇奉為星座並因此獲得靈格的人物，則會轉生成星靈的代理人。

這正是所謂「必須擁有功績才能在箱庭裡維持自身存在」的機制。

一個人如果想在諸神的箱庭裡獲得靈格，必須讓高次元生命體認同自身生命的價值以及人生的軌跡，不分是正面還是負面評價皆可。

因此，真正迎接完全死亡的人——或許是人生一無所成，也從未被任何人承認的人。

即使有那些形形色色的轉生方法，施加在我身上的轉生術也是使用到太陽境界的極稀有方法之一吧。

我進行的轉生法——利用了萬聖節與星之境界會被扭曲的日子。

這個基於古代凱爾特太陽信仰概念的轉生恩惠是只有女王「萬聖節女王」以及聖彼得才被允許使用的轉生法。

十月三十一日是太陽光在一年中開始變弱的日子，也被信奉為生與死的境界將會破碎，死者在地上復活的日子。

這個信仰融入基〇教後成為萬聖節。

然而這個轉生法並非例外，同樣不是讓死者蘇生的方法。

預定用在我身上的轉生法共有兩種。

第一種是前往不同的時間流，誕生為完全不同的生命。

這種情況下，我的外表和記憶會被重置。然後在只繼承了目前經驗的狀態下，成為「為女王的目的全心全意奉獻」的先鋒。

不過使用這個轉生法的人，必須把自身靈格的一部分讓渡給先鋒。

由於是削下女王的靈格給我，轉生之後的我肯定會擁有和女王相同的金髮。

某些文明圈會把這種狀況稱呼為「神靈的化身（Avatar）」。我聽說過印度神話裡的太陽神把所有靈格都賜給自己的兒子，然而那似乎是例外中的例外。

至於第二種——是要殺死來自我原本該誕生時代的雙胞胎姊妹，然後繼承對方必須肩負起的職責。

我的姊妹名叫久遠飛鳥。這種和她進行「交換」的特殊轉生，是因為我身為她的雙胞胎姊妹才能夠使用的轉生法。

只要到達星靈等級，要改變命運負載容量不可變的事實，並不是太困難的事情。而且如果使用這個方法，就不需要去損傷女王的靈格。

為了殺死姊妹而磨練劍技——換句話說，就是這麼一回事。

被召喚到箱庭之後的三個月，從背後推動我的感情只有這個。為了達到這個目的，我克服了無數考驗，終於有資格接受女王騎士的測驗。

然而——不管我的虛妄執著多強烈，無論我的身體素質有多優秀，神域的武技並沒有簡單到光靠這些條件就能達成。

完全是因為斯卡哈老師的指導非常確切，我才能夠獲得神域的技術。

（……是不是該感謝一下呢？）

最終測驗也已經順利合格。

稍微用話語實際表達感謝之意，應該是身為人的正確立身處世……

「不過還真是可惜啊！我本來打算趁妳悽慘敗北後落井下石斥責妳一頓好挫挫妳的自尊心讓我今後使喚起來比較方便，實在遺憾！」

不，沒那回事。

嗯，絕對不是那樣。

感謝她反而是錯誤的行徑。

對這個女傑來說，鍛鍊他人只不過是興趣兼聽令而已。

雖然她基於女王的敕令來訓練我，不過也很有可能抱著如果我死掉就算了的想法。就算自己現在擺出好臉色，也只會讓她之後得意忘形起來——

「好啦，那我們回去吧！至少今天要幫妳慶祝一下才行！難得有此機會，就讓妳稍微見識一下女王騎士兼女僕長的實力吧！」

「——————」

斯卡哈老師很愉快地收集先前切下的海獸肉。

我從她哼著歌為弟子的勝利感到高興的舉止中感覺不到虛假的成分。

看樣子斯卡哈老師似乎是真心為我祝賀，實在讓人尷尬到極點。

錯過道謝時機的自己唯一能採取的行動只剩下默默把臉轉開，在面具下方露出情緒不明確的表情。

（……算了，總有一天能有機會道一聲謝吧。）

把愛劍當成拐杖撐著身子站起的我拍掉灰塵，望向遠在大海另一邊的水平線。

在海岸並不多的箱庭裡，這幅海面映照出月亮的景觀是難得一見的光景。

閉上眼睛，會發現湧上又退下的海浪發出規律的浪濤聲。

我讓思緒隨著這種在外界島國想必有很多地方都能聽到的海潮聲飄向遠方，同時對著老師低聲說道：

「……老師。」

「嗯？」

「我真的——能夠贏得自己的人生嗎？」

講完這些老師厭惡的洩氣話，我才猛然回神掩住嘴巴。

如果想在外界活下去，我必須和某一天會被召喚到箱庭的姊妹互相殘殺，並且贏得勝利。對於這件事抱持疑問的行為，等於是在懷疑自己的勝利。

老師不可能會原諒這種軟弱的想法，準備好面對拳頭教訓的我慌忙舉起愛劍。

然而意外的是，斯卡哈老師並沒有表現出準備動手的反應。

但是她臉上卻出現沒有任何粉飾，如同鋼鐵般嚴苛的表情。看到她微微瞇起雙眼的樣子，我忍不住背脊發涼。

酒紅色長髮隨風緩緩飄揚，直直望著我的老師——以宛如預言者的冷淡語氣開口。

「……嗯，如果妳有殺死姊妹的決心……不，如果殺死血親的行為對妳來說**有意義的話**，妳的勝利就無可動搖吧。」

「殺死姊妹的意義？為了轉生以外的其他意義嗎？」

「沒錯。關於妳戰鬥的理由，妳自身期望轉生的理由，還有應該藏於這期望根源的情感。要是這些矛盾拖累了妳的劍鋒……妳必定會落敗。」

老師似乎有點落寞地宣告我的敗北。

換句話說，她教導我的各式戰鬥技巧不會成為決定勝敗的重要因素。

就算是再怎麼冷淡的女傑，知道自己傳授的技巧無法影響弟子的命運，果然還是會感到落寞吧。

「————……」

後來，那個預言一字不差地實現了。

為了得到家人去殺死自己的姊妹。

直到和姊妹廝殺的最終局面，我才察覺到其中矛盾。

所以到了最後的最後，我仔細體會著那個預言的意義。

對方是世界上唯一一個和我抱著相同的孤獨，而且或許能治癒這份孤獨的人。

殺死這樣的姊妹之後，我能忍受後續的幸福嗎？

對於這個不顧一切搶下的生存機會，自己是不是會帶著後悔度過一輩子呢？

「————」

和虛妄執著一起練成的武技化為徒勞。然而與其看到我以亡者之身獲得勝利，老師更擔憂我會墮落為畜生，所以才會提出那個預言。

這位武技出神入化，讓我有時憎恨，有時厭惡，有時羨慕的老師，就這樣成為名副其實的人生導師。

從虛妄執著中解放出來的我成為受女王寵愛的對象，被賜予了黃金髮色，在外界得到新的名字與外表——以久藤彩鳥的身分存在。

今天的我，也在歌頌著新的人生。

——精靈列車「Sun Thousand」號。

最上層露臺的鍛鍊場。

兩者之間呈現劍拔弩張的空氣。帶著閃耀出光芒的利器彼此對峙的久藤彩鳥和上杉女士都紋風不動地瞪著對方。她們在鋪著木板的鍛鍊場上擺好架勢，散發出只要一有風吹草動就會引發激烈刀光劍影的氣魄。

久藤彩鳥手中的武器是藏有機關的蛇腹劍。

上杉女士手中的武器是紅色的長柄馬上長槍。

距離上是彩鳥比較有利，然而蛇腹劍一旦和長度匹敵成年男性身高的長柄槍互相撞擊，劍刃恐怕會被輕鬆彈開。

只要順利掌握這破綻並進擊，多的是方法對付蛇腹劍。

然而彩鳥的武器並非只有蛇腹劍，她還持有近身戰鬥用的雙槍。要是上杉女士大意接近，想必會遭到迎頭痛擊。

警戒著對方反擊的兩人都在持續窺探機會。

這時彩鳥突然用力吸了一口氣，主動發話：

「……實在抱歉。既然提出邀請的人是我，那麼由這邊率先動手才合乎禮儀呢。」

聽到這句話，上杉女士也揚起嘴角。

她大概打從一開始就無意搶先出招，甚至內心還在期待，想看看未知的對手究竟會展示出何種手段。

那麼，回應這份期待就是挑戰者的義務。

彩鳥鬆開劍身的連結，配合沉靜呼吸解放蛇蠍般的劍閃。

「喝——！」

劍閃劃出三道弧線襲向上杉女士。

這尖銳到不像是只靠人類技術就能使出的攻擊讓她有點僵住。

如果這只是蛇牙，只是蠍尾，上杉女士這樣的戰士並不會表現出如此反應。因為蛇牙只要連牙帶蛇頭一起擊碎，蠍尾只需把整根尾巴直接斬斷就行。

然而蛇蠍劍閃從頭到尾都是銳利的刀刃。

誤以為是蛇腹而去接觸的地方卻有著比尖牙更銳利的鱗片，這種事可完全無法當成笑話。

不管用什麼方式彈開劍尖，扭動的劍身恐怕都會接連不斷地來襲。

發現無論怎麼應對的結果都相同之後，上杉女士的行動非常迅速。

「既然待在哪裡都會被攻擊——那麼停下腳步根本是愚蠢至極！」

利用槍尖和槍柄底端把鞭劍擊開兩次之後，上杉女士往前衝鋒。

她這種彷彿在主張莽撞冒進正是自身代名詞的行動讓彩鳥不由得瞪大雙眼，不過這也是一種正確的判斷。

考量現場有無遮蔽物、彼此武器的不同以及攻擊範圍的差距等條件後，四處逃竄並沒有益處。上杉女士之所以能瞬間選出最佳行動，應該要歸功於豐富的經驗。

但是，這行動同時也暴露出雙方技藝水準的落差。

如果上杉女士擁有能排除蛇蠍劍閃往前進的能力，就算個性再怎麼莽撞衝動，她也會一步步確實逼近吧。

因此彩鳥判斷這樣下去只需使用劍技就能壓制住對方，於是一邊後退一邊增加更多弧線來施加壓力。她巧妙地運用手腕，連被彈開的劍身也拿來利用，想把對手逼入絕境。

然而上杉女士的突破力卻非比尋常。

不管蛇蠍劍閃是要交織成網還是要立起隔牆，她都不當成一回事，還抱著即使斷手斷腳也只要沒死就不成問題的武士精神（Samurai Spirits）往前衝刺。

而且實際上她只受到輕傷，實在不可小覷。

彩鳥有點感動，心想這就是戰國時代出名的「戰人（Battle Human）」嗎？

——話雖如此，輸贏是另一回事。

這種類型的莽夫對彩鳥來說是最好的**冤大頭**。

如果對方只會靠蠻力衝鋒，那麼不管她怎麼抵抗，彩鳥都不覺得自己會輸。

上杉女士大動作想要撥開蛇蠍劍閃，在此同時，蛇腹劍像蛇一樣捲曲，用劍尖纏繞住長柄槍。接著彩鳥以釣魚般的動作一口氣把長槍拉向自己，然而下一秒……

上杉女士**放開了**武器。

「嗚——！」

正在用力往上拉的彩鳥失去平衡向後倒，隨即順勢往後翻了一圈並重新站好。

然而這個破綻已經足以讓上杉女士縮短彼此距離。

上杉女士一口氣來到可以碰到彩鳥的位置，然後抓住她的手腕，以類似抖開被子的動作把彩鳥整個人往上掀起再往下砸。

「喝啊！」

現場響起震耳聲響，地板也隨之裂開。

木板鋪成的地面碎裂四散，衝擊造成的聲音甚至傳到精靈列車的下層。

「好痛……」

喘不過氣來的彩鳥咳了幾聲。

上杉女士從上往下看著彩鳥露出笑容，然後得意洋洋地發表勝利宣言。

「嘻嘻，勝負已分……對吧？」

「……是的，是我輸了。武士精神真是讓人畏懼。」

「那是我想講的話。我有聽說過妳使用蛇腹劍的實力，果然了不起。實際領教之前還以為那只不過是雜耍之類的技巧，哎呀，親眼見識之後才知道這麼厲害！所以我只能用上老招，總之一股腦往前衝！」

上杉女士激動地稱讚彩鳥。

看樣子找不到攻略手段時就從正面衝撞是她的作風，還沒辦法提起力氣的彩鳥只能繼續癱在地上苦笑。

不過，實際上吃了一驚的人是彩鳥。

因為人只要持有武器，首先會想保護自己。

居然能在戰場上刻意放開已經握在手中的武器，必定是膽量過人才能辦到。這似乎就是鋼鐵般的武士精神。

彩鳥帶著佩服，想辦法撐起還在疼痛的身體。

然而此時——背後響起彷彿猛獸低吼的聲音。

「……彩鳥，妳這樣子還真是難看啊。」

嚇了一跳的彩鳥挺直背脊，站了起來回過身子。

她忘記這個人也有在場旁觀。

一頭紅髮綁成辮子，靠在牆壁上旁觀兩人對決的女性——女王騎士斯卡哈瞪著彩鳥，露出打心底感到不快的表情。

把身體疼痛拋到腦後奮力站起的彩鳥額頭上開始冒出大量冷汗。

「彩鳥，我姑且還是先問清楚。我應該沒有教過那麼粗劣草率的戰法吧？」

「啊……是！試圖用蛇腹劍捲走對手武器是不該在那時做出的錯誤行動。」

「那件事可以不計較，我可以退一百萬步原諒妳。因為如果是決鬥還另當別論，不過這只是為了確認鍛鍊成果的模擬戰，想奪走對手武器結束戰局是可以接受的做法。」

斯卡哈嘴上說著可以原諒彩鳥的錯誤行動，但是聲調裡的怒氣卻絲毫沒有減少。

面對把身子縮得更小的彩鳥，斯卡哈以不以為然的態度繼續說道：

「我生氣的點，反而是針對妳決定那樣做之前的摸索過程——我說，彩鳥。我來猜猜妳是基於什麼盤算才會想要奪走上杉小姐的武器吧。」

「咦？」

「上杉小姐選擇突擊時，妳應該是這樣想的吧？

『顯然在武技方面是我遠勝於對方。如果對方不顧情勢如此卻還是只會靠蠻力衝過來，那麼不管她怎麼抵抗，我都不覺得自己會輸』——正因為妳像這樣心生傲慢，才會選擇奪走對手武器這種平常根本不會使用的強硬戰法吧？」

斯卡哈的猜測幾乎完全命中紅心。

被老師帶有輕視的視線看穿自己的傲慢心態，彩鳥滿心羞愧地紅著臉低下頭。她在戰鬥中覺得自己選擇了最好的方式，然而被提出來再度確認後，只能說是出盡洋相。沒有時間把武器換成雙槍，也沒能拉開距離使用剛弓。老師傳授的武技連一成都沒有被發揮出來就輕易敗北，當然會讓身為指導者的斯卡哈滿心憤怒。

彩鳥縮著身體正想找個洞鑽進去……

「……真的是難看到極點。」

卻又被追加攻擊狠狠擊碎內心，整個人垂頭喪氣。

「唉……真抱歉，上杉小姐，剛剛沒能展示出妳有興趣的招式。如果妳願意，要不要我來陪你打一場呢？」

斯卡哈撿起彩鳥的蛇腹劍，用左手輕輕一揮。被纏住的長柄槍就像是被蛇尾彈飛那樣，轉著圈回到上杉女士手中。

然而接下長柄槍的上杉女士卻笑著搖搖頭。

「能請斯卡哈小姐親自示範神域武技是我的榮幸，可是我已經和彩鳥約好要由她來展示，而且也還沒見識到她的全部實力。人都有所謂的高潮低潮，就麻煩彩鳥改天再跟我交手吧。」

看到上杉女士臉上愉快又沒有絲毫諷刺的爽朗笑容，斯卡哈有點驚訝。

至於彩鳥則因為感到非常過意不去而更加消沉。雖然上杉女士被頗哩提挖苦成只會莽撞冒進的莽夫武士，不過她身為武人的人品卻無懈可擊。
認為不能就此結束的彩鳥振奮起精神，卻被冷淡的聲音阻止。
「彩鳥，這是個好機會，所以我就直截了當地問吧。我說妳……還剩下多少以前待在箱庭時的記憶？我在五年前去見妳時並沒有感到什麼不對勁之處，但是妳的記憶真的沒有減損嗎？」
「這……這方面沒問題，雖然我無法反駁指責我武技退步的批評……」
「看起來不像是那樣，所以妳放心吧。根據我的判斷，妳的退步是心態的問題。如果記憶沒有減損……那麼只剩下一個答案。」
唉……斯卡哈嘆了口氣，雙手環胸。
接著以不同於先前的冷淡視線看向彩鳥。
「因為這理論很老套所以我一直避免提起——不過妳啊，該不會是失去了戰鬥理由吧？」
「沒……沒那種事……！」
「至少以前的妳應該不會鬧出剛剛的洋相。在妳為了從箱庭轉生到外界而拚命努力的那個時期，並不會發生這種事。」
斯卡哈的語氣嚴厲到不容反駁，彩鳥只能狠狠咬牙。
和彌諾陶洛斯那一戰以來，她已經感覺到無法隨心戰鬥而導致的焦躁。
如果是過去的自己——在箱庭奮戰時的自己，想必不會暴露出這種醜態。如果是自己橫掃巨人族，歷經和巨龍的戰鬥，最後甚至能抵抗魔王凶爪的那個時候，一定不會發生這種事。

「講到我傳授給妳的武技，其強項在於擁有大量的選項。為了對應遠距離、中距離、近距離的所有戰鬥，必須視情況應用雙槍、蛇腹劍，以及剛弓這三種武器。要隨時占在上風以取得優勢，這樣一來，即使面對比自己還強大的敵人也能與之對抗。這也是我一開始就教導過妳的概念吧？」

「是……是的！」

如果能在適切的狀況下分別使用三種武器，就算身體能力劣於對手，要取勝也不是難事。

然而這種事情說起來簡單，要真正辦到卻沒有那麼容易。

因為一旦無法做出適當的狀況判斷，就會連戰局都無法維持並喪命。

持續選出最佳行動的冷靜判斷力，以及面對水準高於自己的敵人也想要戰勝的膽量。要是這些條件沒有全數到齊，斯卡哈的武技就無法發揮。

「那時候的妳，劍裡帶著甚至連神佛也要擊退的執著。還說過即使要歷經艱辛忍辱負重，也一定要達成自己的目的。正因為這份執著，妳才會被任命為女王騎士。但是現在的妳卻缺乏霸氣，連身為老師的我都臉上無光。」

「……是，真的非常抱歉。」

對於斯卡哈的每一言每一句，彩鳥都無法反駁。

斯卡哈也因為氣過頭反而滿心不以為然，轉身背對鍛鍊場，開始向外走。

走到門邊的她以手搭門，回過頭極為冷淡地宣告。

「妳再好好想一想吧。再這樣下去……妳將會失去**得到的一切**。」

語畢，斯卡哈快步掉頭而去。

彩鳥無法對遠去的背影講出任何話，只能一臉痛苦地咬緊牙關。

＊

——精靈列車「紫煙之休息室」。

酒吧型休息室裡瀰漫著遮擋視線的紫煙。

由於各個座位上都掛著風雅的半透明簾幕，避免互相為敵的非人存在們意外碰頭，因此使用者彼此之間都無法掌握隔壁座位的情況。

在這種不清楚的視界裡，有個女性正跨著大步往前進。

這名甩著紅色辮子往前移動的女性——斯卡哈直直走向最深處的包廂。俗話說走路姿勢會反映出為人，不過只要看這毫不留情的豪邁腳步，應該不難推測出她現在的心情。

很明顯，斯卡哈正在生氣。

雖然被弟子們形容成魔鬼、惡魔，但是她平常的性情反而很溫和。要讓她氣成這樣並不是容易辦到的事情。

踩著重重腳步的斯卡哈撞開紫煙往前進。

就像是在追趕她，上杉女士從後方小跑著靠近。

「斯卡哈小姐！請妳稍等一下！」

「哎呀，上杉小姐找我有什麼事？」

「我想我們的目的地應該相同。比起這事，把彩鳥那樣放著真的不要緊嗎？」

「我該說的話已經都說了，接下來是那孩子自己的問題。」

「但是，妳看起來相當憤怒……」

當然，每個人都有生氣的時候。斯卡哈原本也是人之子。

更何況主張人都有高潮低潮的不是別人，正是眼前的上杉女士。斯卡哈原本希望能夠獨自去喝杯酒，不過看這情況，對方似乎不會輕易放自己走。

斯卡哈嘆了口氣，把身子靠到包廂的門上。

「為了避免誤解，我要先把話說清楚。我並不是因為彩鳥落敗而生氣。」

「是……是這樣嗎？」

「嗯，畢竟那是模擬戰，採用新戰術並因此敗北並不是什麼丟臉的事情。畢竟我自己也是從多次失敗中鑽研至今。」

劍術、槍術、弓術。對於持續鑽研這一切武技從未間斷的斯卡哈來說，失敗反而不足為奇。

彩鳥看低上杉女士的行為雖然應該予以斥責，但不是該生氣的問題。身為指導者，在指導時卻參雜了個人的怒火，實在該感到羞恥。

「那麼斯卡哈小姐妳生氣的原因……是針對她欠缺明確的目標嗎？那女孩的戰法確實缺乏氣勢，不過她以前在箱庭時的執著真的那麼驚人？」

「那是當然，對生命的羨慕可是死者特有的虛妄執著。所以彩鳥開始作為生者，開始作為新生命獨自往前邁進後，心思會遠離戰場也是無可奈何的事情。」

——……唔唔？

「斯卡哈小姐？既然妳可以理解這狀況，那麼妳到底是對什麼事情那麼不滿意？」

「嗯？我是氣她欠缺明確目標啊。」

「所以妳剛剛不是說了那是無可奈何的事情嗎……還是我弄錯了？」

噢，原來如此……發現自己造成上杉女士的誤解，斯卡哈帶著苦笑搖了搖頭。

久藤彩鳥的前身久遠彩鳥——原本是甚至無法誕生的雙胞胎之一。儘管不確定死因是流產還是**基於什麼理由**才會淘汰雙胞胎其中一個，總之她擁有必定會在嬰兒時期死亡的命運。

彩鳥為這種不講理的死亡而哀嘆，所以拚命想要殺死雙胞胎姊妹，得到只屬於自己的家人。然而斥責並要求現在的她也要擁有同樣的靈魂熱量，恐怕是一種殘酷的行為。

原因就是，現在的久藤彩鳥——

「我講得直接一點——現在的她太**幸福**了。」

「幸福？」

「對，也可以說是已經滿足了。她現在有親愛的家人，有親愛的同學，已經得到大部分人類期望的幸福。對這樣的彩鳥來說，這場太陽主權戰爭在人生裡只不過是畫蛇添足。一旦擁有完美的人生，找不出賭命戰鬥究竟有何意義是必然的反應，也是無可奈何的事情。去挑剔這一點可以說是太不識相吧。因為既然身為老師，為弟子的幸福送上祝福才是該做的事。」

斯卡哈原本嚴苛的眼神緩和了幾分。

所謂「失去得到的一切」是在警告久藤彩鳥有可能失去到手的幸福。從這些舉止和言論中，上杉女士覺得自己看清了這名女傑的為人。

「嘻嘻……什麼啊，原來是這麼一回事！看樣子我的擔心只是杞人憂天！換句話說，斯卡哈小姐妳是擔心愛徒擔心到無法自制吧？」

「……咦？」

——咦？？？

斯卡哈以大量的問號回應。

看樣子她完全沒察覺自己怒氣的根源。

重新雙手環胸，默默開始自問自答的斯卡哈露出滿臉苦澀的表情。

「咦？怪了？是怎樣？不過……噢，嗯……總結來看，就是那麼一回事呢……沒錯，會得出那樣的結論。」

「嗯，直截了當地說就是那樣。」

「不……不過，並不是那孩子有特別待遇！真的不是！」

斯卡哈不斷自問自答，想找出恰當的比喻。

要是現在無法確實做出適切的回應，就會被上杉女士以「傲嬌師傅」這種不名譽的綽號稱呼。斯卡哈想盡可能避免那種狀況。

腦內自我問答過後，她咳了一聲，微微紅著臉重啟話題。

「嗯，說不擔心是騙人的。不過，並不是那孩子有特別待遇。因為被我收為徒弟的女孩子總是會不幸，沒有例外……不，男性弟子也都個個早死……咦？我這個人身為老師該不會其實相當糟糕吧……」

「請……請妳冷靜一點，斯卡哈小姐！是我不好！這個話題就到此為止吧！」

像這樣不斷自爆的斯卡哈極為罕見。

就算是她的舊友看到這一幕，也會驚訝地睜大眼睛吧。

沒有被女王發現算是不幸中的大幸，看到這樣的斯卡哈肯定會激起她的虐待心。

在斯卡哈快要講出下一個自爆話題時——

精靈列車的每一個角落都響起黑兔的聲音。

「在此報告！接下來列車即將登陸主權戰爭的第一舞台『亞特蘭提斯大陸』！請各位參賽者以及相關人員把第一張『契約文件』準備好！」

「這廣播的聲音……是黑兔小姐？」

「話說起來，今天是登陸的日子呢。不知道那些孩子是否準備好了。」

「我們去確認一下吧，這個話題以後再說！」

找到合理藉口脫身的上杉女士背對斯卡哈跑離現場。

看來她們並非有什麼不和，但是斯卡哈的擔憂也是至情至理。總覺得彩鳥若以現在的狀態去參加太陽主權戰爭會很危險。

上杉女士一邊思考自己是不是能幫上什麼忙，同時朝著眺望臺休息室前進。

第二章

Last Embryo

——精靈列車「Sun Thousand」號，眺望臺休息室。

「六傷」經營的甜點鋪。

稍微回溯一點時間。

巨大精靈列車「Sun Thousand」號目前沿著地脈上的海面往前奔馳。可以遠眺水平線的眺望臺甲板上有許多餐飲店在激烈競爭。

在這種狀況下，有一隻獨自徘徊的可憐小牛——克里特島的王子，阿斯特里歐斯。

（……這下不妙，我真的跟焰他們走散了。）

東張西望觀察周圍人群的動作看起來完全是一隻和親人失散的小牛。

再加上肚子也餓了，迷路又空腹真是屋漏偏逢連夜雨。

烤玉米的香味和色彩鮮艷的冰品雖然很誘人，阿斯特里歐斯還是告誡自己不能忘記目的，繼續前進。

他要尋找的對象應該有來到這邊的眺望臺甲板，然而環視四周，依然找不到跡象。

這時響起充滿精力的女性聲音——是黑兔的聲音。

「遊戲結束！今天的每日變動恩賜遊戲，『星獸撲克牌』到此落幕！請大家給予各位參賽者毫無保留的掌聲！」

語畢，黑兔「唰！」地伸直兔耳，甲板另一邊也傳來歡呼聲。

看樣子先前是在舉辦精靈列車上的每日變動恩賜遊戲。據說這個遊戲的勝利者除了獎品，還可以另外獲得在主權戰爭正賽裡取得有利情勢的權利。

今天應該是最後一天比賽。

阿斯特里歐斯走向比賽會場，傾聽遊戲的結果。

站在舞台上的黑兔裝模作樣地賣了個關子。

「勝利者是——我等『No Name』的首領，春日部耀小姐♪」

喔喔喔喔喔喔喔喔喔喔喔喔喔喔喔！觀眾的反應很熱烈，發出歡呼聲的客人裡還包括了巨人族。

春日部耀似乎在很多種族裡都有親朋好友。

（結果焰他們連一次都沒贏過嗎？感覺我們在正賽的形勢會很嚴苛。）

話雖如此，但是焰等人的目的並非獲勝。

他們的目的是要找出潛伏在太陽主權戰爭裡的敵人。

幾個月前，有組織以星辰粒子體為媒介在外界召喚出「星之牡牛」，並且向全世界散布類似天花的疾病。雖然無法確定那些傢伙是基於何種意圖而做出如此惡行，不過要是繼續丟著不管，恐怕會變成危害兩個世界的敵人。

所以西鄉焰一行人就是為了找出那些敵人才會投身於戰鬥。

（只是能取得有利情勢自然最好，這下要讓全敗的焰和阿周那好好反省一下。）

阿斯特里歐斯帶著苦笑跑向聚集了參賽者的帳篷。

據說這個每日變動遊戲的內容每天都不同，用以測試參賽者在各種領域的能力。

不知道今天舉辦了何種遊戲的阿斯特里歐斯抱著期待接近帳篷——

「——所以啊！你為什麼！那時候要繼續賭下去啊！阿周那！」

「我……我也沒辦法！當時會場氣氛那麼熱烈，完全不是能夠收手的狀況啊！而且我拿到了應該能贏的牌面，要是退出，會玷汙戰士階級的名聲！主張要正大光明打敗對手才能獲得光榮勝利的人不正是焰的兄長嗎！」

「你根本不必記住那個老搞錯重點的蠢蛋講過什麼！還有卡牌遊戲是能夠巧妙應用權謀的人才是勝利者兼正義，敗者完全沒有光榮可言！最後，撲克裡的三條根本不算是很強的牌型！」

嗚嘎！兩名少年齜牙咧嘴地吵成一團。

其中一人是西鄉焰。他是阿斯特里歐斯的主人，也是太陽主權戰爭的參賽者之一。

另一名藍髮少年叫阿周那，是神王因陀羅的兒子，在太陽主權戰爭裡的競爭者之一。不過目前基於某些原因，他和焰等人以同一共同體的名義參戰。

既然阿周那是半神半人，父親還是主神級的存在，戰鬥能力在眾多參賽者當中自然是出類拔萃。作為同伴，應該找不到其他如此可靠的人選，然而——

「可惡……！得知最後一場遊戲是卡牌遊戲時，我還鼓起幹勁，想說要把握最後的機會，沒想到居然被自己人從背後捅了一刀……！」

「可是到途中都很順利，我應該沒有犯錯。」

「因為阿周那你拿到的底牌跟抽到的牌都很好啊。挑戰十次卻每一次都有湊出牌型，抽牌運好到就算有人懷疑你出老千也是可以理解的反應。」

「哼，這是理所當然的事情。」

「……不過呢，因為表情什麼都藏不住所以還是輸得慘兮兮。」

聽到焰帶刺的發言，阿周那消沉地垂下肩膀。

在旁邊聽著兩人爭吵的少女——彩里鈴華苦笑著介入。

「兄弟（Brother），就講到這裡為止吧。信賴阿周那的抽牌運而讓他負責殿後的人是我們自己啊，所以沒有考慮到阿周那那種不服輸個性的我們也有錯……只有一點點錯。」

「對，只有一點點。」

被兄妹兩人瞪著的阿周那垂著肩膀把身子縮得更小，看樣子鈴華也沒有原諒他。實在看不

下去的阿斯特里歐斯小跑著靠近，對著他們三人搭話。

「抱歉我來晚了，遊戲的內容真是讓人遺憾。」

「……阿斯特里歐斯你也來啦。」

「我剛到。還有，你們也不要太苛責阿周那。如果他是沒盡到戰士本分那還另當別論，這次只是一場卡牌遊戲吧？」

「沒那種事！這可會影響到我還債！」

「雖然說是要還債，但是你又不是要一輩子住在箱庭，我倒覺得這件事和你沒什麼關係。就算你最後倒債不還，應該也不會有人因此生氣。」

倒債不還——聽到阿斯特里歐斯這個忠告，焰突然感到茅塞頓開。的確，不打算住在箱庭一輩子的焰只要回到故鄉的世界，其實就能擺脫這件事。

生性認真的焰大概從來沒想過有倒債不還這招可以用吧。

「是……是嗎……！反正那本來就不是我欠下的負債，而且女王也說過最後會要我回去……！」

「就是這樣。何況阿周那是被稱頌為印度神群代表性人物的大英傑，一定早就計畫好自己的負債要靠自己來還，對吧？」

「那……那當然，我可是從一開始就抱著這種想法戰鬥！」

阿周那回答時雖然遲疑了一下，不過似乎沒有異議。

他以很符合自己風格的清廉高潔態度點了點頭。

解決一個煩惱的焰似乎很疲勞地一屁股坐下，有氣無力地笑了。

「……真是被耍了，早知道我應該要好好享受遊戲。」

「這是你和阿周那的共通弱點呢，你們兩個都太認真了。既然各自在相反領域上擁有優秀能力，有時候是不是該有哪個人負責退後一步，確認一下戰況才對？」

聽到這非常切中要害的批評，焰和阿周那都垂頭喪氣。

如果是平常的兩人，不可能會鬧出這種全盤皆輸的醜態。彼此才相識不久或許會導致默契不足，但是他們搭配起來的契合度絕對不差。

只要別弄錯方向性，想必能夠取得更佳的戰果。

「那麼，接下來怎麼辦？要開反省會的話，我是可以奉陪。」

「要開要開！為了讓阿周那總之先學會控制不服輸的個性，要來上一堂課——」

就在這個時候——

舞台上發生騷動，觀眾紛紛舉起手指向舞台。

「你們看那個！」

「白夜叉大人出現了！」

「是上一屆主權戰爭的優勝者白夜王！」

焰等人也受到影響而把視線集中過去。

在舞台上現身的是一名白銀長髮流瀉而下，身上穿著和服的少女。

根據頭上的兩根角來看，少女顯然不是人類。然而要說她就是在混亂至極的太陽主權戰爭裡贏得勝利的人，這外表未免過於惹人憐愛。

……就算她的舉止總散發出一股大嬸味，看起來依舊惹人憐愛。

「對喔，今天好像是終於要登陸亞特蘭提斯的日子？」

「根據日程是那樣沒錯。每天變動的遊戲已經全部結束，接下來大概是要開始說明規則吧——話說回來，阿周那，那個白髮女孩是上一屆的優勝者嗎？」

「沒錯。你們可不能被外表騙了，那一位大人是箱庭三大最強種之一的星靈，而且還是更往上的高階種。據說就連大父神宙斯、神王因陀羅、希伯來的主神……以及我等印度神群的三大主神在和她對話時，也一定要保持高度相同的立場。」

嗚哇……鈴華縮了縮身子。

既然那些主神們有試著以同樣立場和那個白髮女孩交談，就代表她被認為是同格的存在。

「那……那還真是了不起。意思是除了埃及神話以外，她幾乎已經獲得全世界神明的認可。」

「的確……不過，鈴華妳知道哪個神靈是出自於哪個神話嗎？」

「當然！因為我在被召喚過來之前就調查過了！」

「別看鈴華這副模樣，其實她讀過很多書喔，而且記憶力也很好。聽說在我為了『天之牡牛』事件的事後處理而到處奔波的期間，她有幫忙做了各方面的功課。」

「當然！因為我將來的夢想是要成為圖書館管理員！鈴華小姐我雖然看起來這樣，不過可是博覽群書喔！」

欸嘿！彩里鈴華得意地挺起胸膛。儘管天真爛漫的一面總是比較容易被放大，不過她實際上是學生會長兼全校第二名。倘若真要分類，非常夠格被分到優秀那邊。

焰反而是被鈴華的夢想嚇了一跳。

「圖書館管理員？這什麼啊，我是第一次聽說。」

「咦？我也沒告訴過你嗎？我的夢想是進入目前正在建造的第三國立國會圖書館工作。」

這下焰越發驚訝。

所謂的第三國立國會圖書館只是掛名為圖書館，實際上卻是被蓋來作為日本最大情報聚集地的研究設施兼情報統合局。

古典、傳統文藝、一般書籍、本國音樂、外國音樂等非主流文化自不用說，連國家研究的環境保護技術和水質改善技術、煉鐵技術等也會被收藏進去，預估在完成之後會成為東亞數一數二的超巨大情報聚集地。

而且也可以推測出只要環境控制塔的設置獲得國際間的許可，那麼根據情況，該圖書館同樣會納入焰的粒子體研究，成為研究設施的第一線。

甚至還有傳言指出連梵蒂岡的機密檔案館也會為了保存紀錄而把一些抄本移放到那裡去。

基於這些前提，鈴華繼續說道：

「因為我對兄弟的研究實在是幫不上忙，可是又覺得去小彩她家公司上班好像不太對。第三國立國會圖書館畢竟是同一個研究設施，肯定會有什麼我可以支援的事情吧？」

「這……這想法是讓人很感謝啦……但是鈴華妳自己真的能接受嗎？妳沒有必要配合我，如果有什麼想做的事情，以自己的意願為優先應該比較好吧……？」

「嗯，這是連那些也考慮進去之後才得出的志願。我說你也想想，要是孤兒院裡可以有兩個人進入國立機構工作，支援和援助的幅度就會變大，孤兒院能照顧到的範圍也會變得比現在更廣！如果『Everything Company』之類的大公司可以提供更多支援，說不定『CANARIA 寄養之家』本身的規模也能夠提昇！」

看到鈴華張開雙手發表野心，焰一時目瞪口呆。

不過，他並不是因為過於驚訝。

反而很佩服鈴華能想出這種既現實又穩健的方法。

就算孤兒院裡出現一個擁有傑出才能又留下顯赫功績的成員，也很難說是機構的功勞。然而如果是兩人，甚至再奢求點地希望有三人以上留下出色成績，就能夠影響整個設施的評價。

除了擁有環境控制塔的粒子能源利權，若是再加上連孤兒院本身也具備高評價，那麼或許有辦法向那些無依無靠的孩子們展現出有更多選擇的將來，以及燦爛的可能性和道路。

「……真了不起，原來鈴華妳已經考慮到那麼遠的事情了。」

「沒錯！因為身為年長者，如果只會依靠兄弟和小彩也太可恥了！」

鈴華豎起大拇指擺了個姿勢。

旁聽兩人對話的阿周那雖然感到佩服，還是歪著頭不解地發問：

「年紀輕輕就決定人生方向是很傑出的行為，希望妳一定要珍惜這個夢想——不過話說回來，你們兩人想進去工作的『圖書館』真的那麼有價值嗎？」

「這個……嗯，要說明到古人能聽懂好像有點困難。總之那是一間收藏著各種文學和書籍，而且任何人都可以自由閱覽的設施。」

「任何人都可以自由閱覽？」

「對，自由。」

阿周那半張著嘴巴說不出話，似乎受到了文化衝擊。

看樣子在他的時代，連學習都必須取得許可。

第三國立國會圖書館裡收藏的研究資料無法開放閱覽，不過書籍方面應該會規定只要提出申請，無論是誰都可以觀看吧。

發愣的阿周那換上認真表情再度提問。

「關於『任何人都可以自由學習』這件事……也包括奴隸階級嗎？」

「奴……奴隸？」

聽到他以自然態度講出的「奴隸」二字，焰和鈴華都不由得瞪大眼睛。這次換成近代的兩人因為受到文化衝擊而發出叫聲。

對於活在二十一世紀最尖端的他們來說，「奴隸」這名詞實在過於疏遠。

在高水準民主主義發達的時代，「奴隸」這兩個字太過沉重。

沒有自由、沒有人權，被當成物品對待的生命。這個過去的遺物存在於人類還無法估量出生命價值的時代，也是在新時代裡最遭到忌諱的制度之一。

然而阿周那卻若無其事地講出「奴隸」這兩個字。

察覺到氣氛不對勁之後，他慌忙搖著手做出補充。

「不……不好意思，奴隸制度在你們的時代已經被廢除了吧？要是讓你們感到不快，我願意道歉。」

「啊……不，是我們不好。畢竟在阿周那的時代，奴隸是很正常的存在嘛。想也知道很久以前的階級社會裡不可能每個人都能獲得相同知識或是接受教育。」

「……是的，我也有一個熟識的人受限於身分，所以無法接受充分的教育。一旦狹隘的價值觀導致有才能的人無法獲得學習的機會，會留下遺恨。我想，或許創建出圖書館這種地方的人物是想要拓展人類擁有的可能性吧。」

這誇張的感想讓鈴華面露苦笑，阿周那本人倒是非常認真。

看到他認真的表情，讓焰察覺出所謂「因為歧視而無法受教育的熟人」到底是誰。

阿周那以這種表情說話時——總是與他的兄長有關。

「……總之，這是個在學習時會很方便的文化。講到最古老的圖書館，好像是亞歷山大圖書館吧？那是哪個時代？」

「是西元前三百年，所以阿周那和阿斯特里歐斯兩人的時代都還沒有圖書館——噢，對了。我記得第一本提到『失落大陸』，也就是下個舞台『亞特蘭提斯大陸』的書籍就是收藏於那個亞歷山大圖書館。」

哦？所有人的眼神都變了。

第一戰的舞台亞特蘭提斯大陸——那裡是被認為曾存在於希臘世界的夢幻大陸之一。根據傳說，亞特蘭提斯大陸上有一個文明超高度發展甚至不輸給近代的大國，還具備了足以威脅世界的軍事力量。

因此產生危機感的希臘神群之主神宙斯就動手把亞特蘭提斯大陸沉入海底，這是最一般的說法。只要是對地緣政治學有興趣的人，應該都調查過亞特蘭提斯大陸、姆大陸（Mu continent）、雷姆利亞（Lemuria）大陸等夢幻之地吧。

焰在議論環境控制塔的可能建設地點時，也曾經聽地緣政治學者講過一些重點，不過並不清楚詳細內容。

「鈴華，妳也有調查關於亞特蘭提斯大陸的情報嗎？」

「只是偶然啦。之前新聞不是有報導嗎？說梵蒂岡最近公開了亞特蘭提斯大陸的資料。」

梵蒂岡的機密檔案館是連西元前就已經存在的石板和書籍等記錄媒體都收藏在內的最大古

典圖書館。

書庫的總長超過八十四公里，是一間到了現代仍有各式奇妙傳說的設施。

然而據說館方近年來開始把一部分資料製作成電子書籍，藉此保存和公開。鈴華看到的資料大概也是其中一部分吧。

如果是最近才展示出來的資料，或許有焰等人能夠獨占的情報。

「說起來德國的電視新聞也有報導……好像是和克里特島的病原菌特別報導一起提到。」

「嗯，我記得是大約西元前四百年到前三百年的哲學家柏拉圖著作，聽說保存了作者親筆寫下的石板。」

鈴華隨口講出炸彈級的發言。

這出乎意料的情報讓所有人都面面相覷。

阿斯特里歐斯與阿周那忍不住開口發表感想。

「妳說親筆……意思是神話傳說的正本嗎？」

「那……那真是驚人的情報來源。根據遊戲的出題內容和鈴華的臨機應變，我們很有機會火速取得勝利。」

看過神話傳說正本的行為，等於是看過遊戲的解答。就算只是偶然得知，但是要作為情報來源，已經將近是最佳的資料。

發現自己意外拉高眾人期待的鈴華慌張地揮動雙手。

「啊……不，就算是正本，現在也還在翻譯喔。還有因為是我自己翻譯，所以你們別那麼期待啦！大家也知道，翻譯一定會參雜譯者的主觀意見嘛！」

翻譯過的文章一定會受到譯者主觀的影響。

因為這是要讓不同文明圈的語言相互理解的工作，某種程度上算是無可奈何的原罪。這正是傳說會繁雜分歧並以各種內容構成的原因。

然而看過正本的優勢依舊不會動搖，畢竟那上面寫了千真萬確的真實。

即使在箱庭中，鈴華擁有的情報也會是獨一無二吧。

「這件事要當成我們之間的祕密，鈴華妳之後再跟大家說明詳情……那麼，阿斯特里歐斯你那邊有沒有什麼情報？」

「我？——噢，因為這次舞台是希臘嗎？不過很抱歉，我沒什麼必須特別提出的事情。」

這樣啊……焰顯得有點遺憾。這反應讓阿斯特里歐斯有點意外，因為鈴華剛剛說過：「提到亞特蘭提斯大陸的資料正本是西元前四百年到前三百年的東西」。

然而阿斯特里歐斯生活的時代卻比那時早了一千年以上。

如果亞特蘭提斯大陸是曾經實際存在的大陸，或許和阿斯特里歐斯並非毫無關係——然而他沒有聽說過被稱為消失大陸的地方。

米諾斯是當時最大的海洋國家之一，既然連身為王子的阿斯特里歐斯都一無所知，那麼同時代的其他人也不會知道什麼情報吧。

阿斯特里歐斯輕輕搖了搖頭。

「抱歉，彌諾陶洛斯和亞特蘭提斯傳說的時代背景不同。不過到達當地並開始行動後或許我會想起什麼事情，到時候再主動提出。」

「ＯＫ，我知道了。彩鳥那邊我會去說一聲。」

……嗯？阿斯特里歐斯看了看周圍。

他到現在才終於發現彩鳥不在現場。

「話說起來，彩鳥上哪去了？她不參加遊戲嗎？」

「因為小彩在卡牌遊戲等方面很弱啊～不但表情會洩漏出底牌的內容，抽卡運也很差。我叫她在加油席等我們，結果途中被一個叫斯卡哈的人綁走了。」

綁走這種說法真是不平常。

而且叫斯卡哈的人物不正是她的老師嗎？

阿周那也一臉嚴肅表情。

「……沒問題嗎？我聽說過那個人是出名的導師（Guru），不過凱爾特神群習慣把個人實力視為最重要事項，她是不是也會被帶去進行荒唐的修行……？」

「我想不會。這幾天我有聆聽斯卡哈小姐講授的神話解釋論，她是個比傳聞中更具備常識的人——啊，等一下，舞台上好像要開始什麼事情。」

焰結束話題，指向舞台。

看來活動準備終於完成。

白夜王和黑兔來到舞台中心，接著豎直兔耳的黑兔發表宣言。

「在此報告！接下來列車即將登陸主權戰爭的第一舞台『亞特蘭提斯大陸』！

請各位參賽者以及相關人員把第一張『契約文件』準備好！」

精靈列車的每一個角落都響起黑兔的聲音。

看樣子即將正式說明遊戲內容。

乘客們以掌聲歡迎被「拉普拉斯之眼」放映出的黑兔，然後一起打開手邊的契約文件，確認內容。

過去一直是空白的部分浮現出文章，西鄉焰等人也開始閱讀。

「——太陽主權戰爭 ～失落的大陸篇～——

※獲得太陽主權的條件：

①參賽者之間彼此任意轉讓（包括遊戲形式的自由對戰）。

②解開並進行記載於附件大陸地圖上的遊戲。

③而且必須表現出最符合神魔遊戲的行動，才會被授予太陽主權。

④（日後追加）。

※大陸內禁止事項欄：

①禁止參賽者離開亞特蘭提斯大陸。

②如果參賽者試圖離開，必須解開勝利條件的謎題。

③參賽者在大陸內不得殺害參賽者。

※關於登陸的順序：

在精靈列車內贏得最多場遊戲的人可以選擇登陸地點。

登陸後，請自行負起責任並基於各自判斷來度過為期兩週的遊戲期間。

※第一戰勝利條件：

追溯多重疊合的星辰前行，造訪古老英雄，揭發大父神宣言之謎。

太陽主權戰爭進行委員會　印」

＊

精靈列車內立刻被寂靜籠罩。

只能聽到羊皮紙稍微摩擦的聲音，列車破風奔馳的聲音，以及海浪噴濺的聲音。並非只有參賽者在研究才剛發表的詳細內容。

主辦者、出資者，以及為了欣賞太陽主權戰爭而前來的觀眾們也是一樣。

待在車外露臺上的西鄉焰一行人正忙著閱讀總算公布的規則概要——這時舞台上的白夜王打開扇子放聲大笑。

「諸位！抱歉要打斷你們的認真解讀，但是羊皮紙上記載的規則並不是這次遊戲的所有規則！」

「ＹＥＳ！接下來由人家向各位說明太陽主權戰爭的特別規則！」

唰！黑兔豎起兔耳。

她拿出羊皮紙，指著右邊角落裡的五個太陽標誌。

「各位應該已經知道，這次的舞台除了有『參賽者（Player）』，另外還有名為『出資者（Sponsor）』的後援共同體！此處的太陽標誌就是和出資者有關的東西！」

後援共同體——不知道哪個人笑著說講話的藝術果然很重要。

太陽主權戰爭原本是最高位的神靈、星靈和龍種爭奪霸權的最大級戰事。據說過去舉辦的主權戰爭曾粉碎星辰，制定出物質界的負載容量，最後為世界帶來了調和與協和。由於當時連「恩賜遊戲」這種概念都還不存在，因此根本無法推論那場戰爭的規模究竟有多浩大。

要是現在又引發一次那種規模的戰爭，已經安定的世界必定會大亂。

所以討論後決定出的制度，就是區分出「參賽者」和「出資者」。

白夜王搖著扇子露出大膽笑容。

「由身為『出資者』的修羅神佛對人類提供後援的代理戰爭——這就是『參賽者』和『出資者』的支援系統。然而如果只有那樣，『出資者』會因為太無聊而死，我也會閒到死！為了解決這個問題，研究出了這次的特別系統！」

「YES！各位參賽者想必都很清楚，以出資者身分參加遊戲的諸位大人都是貨真價實的修羅神佛！他們的力量在物質界中也是無與倫比！而所有的參賽者將會被賦予能夠充分使用那些力量的權限——『代理人權限（Guest Master）』！」

所有參賽者都仔細傾聽黑兔的宣告。

黑兔解釋，「代理人權限」——是借用原本不會站上舞台的神佛出資者的力量，或是直接召喚出資者本人，讓自己在進行遊戲時可以取得優勢的權限。

既然能夠向擁有強大力量的「出資者」借用力量，就算是普通的人類也有機會突破最惡劣的困境吧。

「當然，這個權限並非沒有限制！遊戲內存在著『出資者』們能夠出借力量的限度！關於這部分，由於各陣營的狀況不同，詳情請仔細閱讀附件的『代理人權限』使用說明書！——那麼接下來，要向各位說明觀戰禮儀——」

黑兔說明完針對參賽者們的部分，改為進行下個段落。

看樣子該知道的事情已經都聽完了。

西鄉焰等人吃著桌上的炸薯條，臉上略有難色。

「『代理人權限』……原來還有這種東西啊。」

「我們的出資者是女王大人吧，她會提供什麼援助呢？」

「等到達大陸後先試用一次或許比較好，萬一在緊要關頭卻無法使用可就傷腦筋了。」

對於幾乎完全沒有戰鬥能力的焰和鈴華來說，這個「代理人權限」將會成為他們的求生關鍵吧。

既然背後是女王這種力量強大的出資者，提供的支援想必也很強力……萬一她只提供讓人失望的支援，焰他們甚至很樂意發動抵制。

話雖如此，隨著遊戲內容總算公開，兩人的語氣也變得開朗起來。

「問題是勝利條件呢，這到底是什麼意思啊？」

「『追溯多重疊合的星辰前行，造訪古老英雄，揭發大父神宣言之謎』──嗎？」

「『大父神』是指宙斯吧。而且這次的舞台還是希臘神話，我想大概沒錯。」

阿周那如此補充，就算是來自不同文明圈的他們也知道宙斯。

希臘神群的主神宙斯──在眾多主神當中，他應該是最有名的主神之一。

持有象徵力量的雷霆，掌管正義、秩序與天空，無可比擬的神靈。

宙斯是人類還以城邦型態生活的西元前時代起就被信仰的神靈，起源相當古老。他存在的歷史甚至漫長到以印歐世界裡的「神靈（Deva）」作為語源，而且子孫的數量還跟歷史的長度成正比。

「雖然宙斯是偉大的神靈，不過也是出名的好色神明。據說這位神明曾經和許多女性有過肉體關係，對象不分神靈或人類。」

「喔喔喔？是個色鬼大神嗎！」

「如果從爛男人這一面來看，感覺他會跟釋天那傢伙臭味相投。」

聽到身為現代小孩的兩人提出的嚴苛評價，阿周那和阿斯特里歐斯都面露苦笑。

「順便說一下，我父親米諾斯王也是宙斯的兒子。以時期來看，他算是和英雄帕修斯幾乎同一時期的兄弟。」

「哦？這真是讓人意外的事實，你說的帕修斯是指那個英仙座的英雄吧？」

「就是那個帕修斯沒錯。那一段歷史的事實在每個世界裡的順序都會有點前後變動所以引起混亂，不過就算**時間順序**不同，只要**現象順序**的結果沒有改變就不會有問題。」

如果現象的最終結果不變，那麼無論途中發生過何種改變都不會造成矛盾。

人類歷史的容許範圍看起來很狹窄，實際上卻意外寬大。

雖然無法接受把戰勝國與戰敗國對調之類的事態，但是卻能容許被害國和加害國互換這種程度的變動幅度，這就是人類歷史的器量。

「可是這遊戲規則真的很抽象呢！是要我們在兩星期內一邊解開勝利條件的謎題，一邊在當地爭奪主權嗎？」

「不，我想不是。妳再重新好好看過一遍。上面寫了要我們破解附件大陸地圖上的遊戲吧？」

在西鄉焔的催促下，鈴華重新確認內容。

阿周那帶著銳利眼神同意焔的發言。

「附件的地圖……是這張。根據比例尺來看，面積似乎並沒有大到像各大洲那樣。」

「可是也有日本列島的五倍喔。」

「嗚哇，感覺會累死！」

「而且只有兩週的時間，或許先篩選出要搜查的地域會比較好——喂，你們看，每個地區都有寫著各自的名稱。」

焰等人攤開第二張羊皮紙，確認地圖上的文字與記號。另外焰還動作迅速地準備，想把地圖上浮現的文字抄寫到其他紙張上。

儘管他也覺得文字大概不會毫無預警地消失，不過這場遊戲的主辦者是感性和人類不同的神明，預先防範應該不會是白費力氣。

「鈴華，我來抄寫，妳唸給我聽。」

「知道了！」

鈴華立刻回應，拿起地圖後照著順序唸出主要地域的名稱。

東方的「聖托里尼的迷陣（Labyrinth）」。

北方的「養牛人的放牧場（Farm）」。

南方的「山銅礦山（Oreikhalkos Mine）」。

西方的「赫拉克勒斯的石柱（Pillar）」。

另外還有幾個地名，不過字體特別大的只有這四個。當兩人正忙著抄寫時，阿周那向身旁的阿斯特里歐斯開口。

「關於這次的遊戲，看起來我在解謎方面幫不上忙，畢竟文明圈差異太大。所以我會專心戰鬥，希望阿斯特里歐斯你能負責保護好他們兩人。」

「我是無所謂……不過你打算一個人戰鬥嗎？」

沒問題……阿周那冷靜地點了點頭。阿斯特里歐斯忍不住苦笑。

對身為戰士（剎帝利）階級的阿周那來說，戰鬥才是本分，也是他的宿業（Karma）。

只是根據他在精靈列車上參加各次遊戲的戰績，也難怪會讓人懷疑這個大英傑該不會其實是個廢物吧。

感覺到這種視線的阿周那似乎很不以為然地皺起眉頭……不過戰績明擺在眼前。

他並沒有反駁，只是以有點帶刺的語氣對焰等人提問。

「焰和鈴華也可以接受這種安排吧？只要進入戰鬥行動，後續就交給我來處理。」

「好啊好啊，那樣更好。」

「我和焰碰上戰鬥時會立刻逃走，所以超級期待阿周那你的表現喔！」

焰和鈴華都豎起拇指如此宣言。

兩人的深厚信賴讓阿周那的心情好轉。

這個太容易看穿的戰士雖然讓人有點受不了，不過他依舊是印度神群最強的英雄。能登上一個神群的最強寶座絕非尋常之事，一旦展開戰鬥，有辦法跟上阿周那實力的人大概只剩下彩鳥——不對。

「焰，還有另一個女性和你們一起被召喚過來吧？那傢伙是誰？」

「女性？」

「你是在問上杉小姐吧？她是釋天的同事。」

既然是御門釋天——帝釋天的同事，代表那女性也是佛門相關人士嗎？看起來似乎是神格持有者或是相近的存在，總之能納入戰力的話自然很可靠。

「女王騎士、神格持有者還有印度神群最強的戰士……這樣列出來，我們的陣營感覺挺強大的嘛。」

「沒錯！以優勝為目標吧！」

看到鈴華興奮的模樣，阿周那心情複雜地轉開視線。

接著，他把一直感到在意的問題說出口。

「……話說回來，我們的共同體沒有名稱嗎？」

「名稱？」

「沒錯，箱庭的共同體必定會被賦予『名號(Brand)』與『旗幟(Symbol)』。『Queen Halloween』是女王的共同體，不是你們的陣營名稱吧？要是沒有稱呼，感覺很不方便。」

第一次被指出關於共同體的問題，焰和鈴華都看向彼此。他們剛來到箱庭時曾聽過黑兔的說明，不過從沒想過要自己建立一個共同體。因為對於不打算一輩子住在這裡的兩人來說，共同體是沒有什麼用處的累贅。

阿斯特里歐斯拿起桌上備好的紙筆說：

「創設共同體並建立起名聲之後，在外界也能獲得各式各樣的恩惠。在祖靈崇拜的概念比較強烈的日本，焰只要研究受到認可，甚至有機會神格化。」

日本自古以來就有崇奉祖靈的文化，這種文化被稱為「祖靈崇拜」。

「祖靈崇拜」也是在世界各地都很常見的文化，已經過世的死者之所以在死後能成為神靈被召喚到箱庭，就是基於祖靈崇拜的概念。

雖然上杉謙信同樣是在死後被祭祀為神靈的武將之一，不過她這次是作為毘沙門天的化身降世，應該算是不同的情況。

「以祖靈身分獲得下一個人生嗎……」

阿斯特里歐斯說明了在箱庭揚名的意義。

不過焰卻搔著後腦像是提不起興趣。因為他打算以研究者身分來過完一生，這些情報聽起來沒有什麼吸引力吧。

而且，流傳到後世的事蹟未必全都是好評。

根據星辰粒子體今後的發展，他也有可能會惡名遠播。

焰用一隻手撐著下巴，沒什麼幹勁地思考——卻又突然抬起頭換了個表情。

「等一下……可以用別人的名字作為共同體的名稱嗎？」

「嗯？我想應該沒什麼問題吧。」

「是嗎，那麼……可以把**作為共同體名稱的對象**當成『祖靈』召喚出來嗎？」

這複雜的召喚方法讓阿斯特里歐斯不解地歪了歪頭。由於他不是專家，無法判斷是否能夠那樣做，同樣不是專家的阿周那也繼續當個沉默的聽眾。

只有彩里鈴華理解焰的意思，和他一樣表情整個變了。

「焰，難道你是要……」

「學長！鈴華！原來你們在這裡！」

這時，彩鳥急迫的喊聲打斷了鈴華的發言。

她身邊還可以看到在今天的每日變動遊戲裡獲勝的春日部耀。

彩鳥推開人群跑向焰等人這邊，手裡還拿著行動電話。

「我……我找你們找好久了……！因為我完全不知道已經開始說明規則，來到車內的路上擠滿了人……！最後是麻煩春日部小姐幫忙，才總算能和大家會合。」

「是……是嗎，看來我們害妳繞了不少路。」

「我們家的後輩承蒙照顧了！」

「別介意，反正我也很閒。」

身為「階層支配者」的春日部耀既是參賽者，同時也屬於主辦者那一方。（註：作者在網路上公開的短篇裡有提及春日部耀成為「階層支配者」）

意思是她根本沒有必要去聽簡單的規則說明。

「所以，這是怎麼了？我看妳好像有急事。」

「啊……是的，其實是學長的哥哥好像聯絡了女王……！」

「妳說十六哥？」

「十六夜嗎？」

焰和耀同時反應，前者是作為家人，後者的身分大概是同伴吧。

尤其是春日部耀目前依舊處於同伴嚴重不足的狀況。要是真能聯絡上十六夜，她當然很想找他；甚至如果有可能，她肯定還想抱怨幾句。

耀微微側著頭，臉上帶著不滿的表情。

「十六夜現在在做什麼？他好像被焰僱用，我想知道詳情。」

「抱歉，這是機密，能透露出的情報不多……只是啊，請妳就當作他正在追擊邪惡組織並戰鬥中吧。」

——嗯？春日部耀顯得更加困惑。

大概是因為她無法判斷這句話的真偽吧。畢竟如果是她認識的十六夜，的確很有可能沉迷於對抗邪惡組織。

目前，逆廻十六夜基於西鄉焰的委託而飛往南美的巴西。

因為焰委託十六夜去調查亞馬遜樹海，想查出那裡和惡用星辰粒子體召喚出「天之牡牛」或是散播假性天花的組織之間有什麼關聯。

十六夜大概是要報告進度吧。靠著女王的力量，要在異世界連通訊號也只是小事一件。

彩鳥把手機遞給焰。結果他還沒動手，手機已經自動開始撥號。

焰連忙把手機放到耳邊，同時向阿斯特里歐斯要來紙筆，讓自己可以隨手記錄。

幾秒鐘後，對方接聽電話。

「……是焰嗎？」

「嗯。怎麼突然急著聯絡？是你們在亞馬遜找到什麼了嗎？」

「沒錯，而且中了大獎。製造出『天之牡牛』的地點是亞馬遜樹海沒錯，我們還扣押了證據。」

超乎預想的成果讓焰倒吸一口氣，因為他完全沒想到十六夜能在這麼短的時間內連證據都找到。如果這是真的，就算「Everything Company」不獨自行動，也可以成為要求聯合國派遣調查團的理由。

然而十六夜的語氣並不像平常那般從容。察覺出應該是發生了什麼意外事件的焰也沒有立刻叫好，而是慎重地確認狀況。

「不愧是十六哥和頗哩提小姐，兩位果然不負期待……那麼，你們已經向『Everything Company』報告了嗎？」

「抱歉，還沒。因為現在不是可以報告的狀態，也不是有辦法把證據交給『Everything Company』的狀況……不對，該說**證據**不是那種狀態。」

證據不是能交出的狀態。聽到逆迴十六夜的回答，焰覺得心臟用力縮了一下。

同時，他也假設出最壞的事態。

「十六哥——你找到了什麼？」

「我們在亞馬遜樹海裡發現星辰粒子體的實驗體。」

果然是最壞的事態。這下證明了殿下和愛德華的推測正確，惡用星辰粒子體的組織是靠著進行人體實驗來取得飛躍性成果。在製造出「天之牡牛」的實驗中，被當成核心的肯定是那個實驗體。

焰先大口吸氣調整呼吸，避免情緒出現在臉上，然後壓低音量再度提問。

「十六哥，你說的實驗體……是人類吧？」

「沒錯。」

「還活著？」

「嗯，我們是在四天前把對方保護起來，不過目前依舊虛弱也沒退燒。只有我們實在不知道該如何對應。」

所以十六夜才會聯絡焰吧，因為他一個人無法判斷該如何處理實驗體才好。焰立刻拿出筆記本，翻找當地能對應的人員名單。

但是他突然停下動作。

十六夜應該也很清楚焰待在箱庭。而且既然有四天的時間，是不是還有其他該聯絡的對象？

他是個桀驁不遜的人物，卻不是對自己能做到什麼會看走眼的人。

那麼，為什麼十六夜會拖延四天才聯絡？

臉色發白的焰開口發問。

「十六哥……你該不會也被召喚到箱庭了吧？」

「就是那個該不會啊！混帳！我遇到的粒子體實驗體共有兩人……一個是發高燒的重病小女孩，另一個被『Avatāra』的傢伙附身，目前下落不明。」

砰！焰把桌子踢飛。

他的態度讓周圍的人也感覺到事態並不尋常。拿東西出氣不符合焰的風格，然而只有這樣做才能宣洩掉情緒。

因為西鄉焰在這幾天——和「Avatāra」的少年們建立起友誼。

「……『Avatāra』……惡用了星辰粒子體的犯人就是那些傢伙嗎？」

「這點還無法斷言，之後再判斷吧。你先告訴我你們什麼時候會到達。」

十六夜的語氣欠缺從容，足以讓焰推測出現場的情況到底有多急迫。

焰把視線望向水平線的另一端。現在還看不到亞特蘭提斯大陸，不像是會立刻到達。

聽到對話內容的春日部耀隨即代替他回答。

「我想精靈列車大概還要三小時才會抵達亞特蘭提斯大陸，只是焰他們不能指定下車地點，順序也排在最後。」

「為……為什麼？」

「遊戲規則上有寫明。只有在每日變動遊戲裡戰績名列前茅的人可以指定下車地點，而且還要按照排名順序下車。你們在每日變動遊戲裡應該是全敗吧？」

嗚……所有人都吞吞吐吐地轉開視線。

尤其阿周那更為明顯。

沒想到會在這種時候被全敗的戰績拖累。

「能指定下車地點的只有第一名的『Yggdrasill』和第二名的『Avatāra』。」

「是……是這樣……抱歉，十六哥。不管怎麼想，今天都不可能過去，明天也很困難。」

「我很想儘快跟你們會合，但是也沒辦法。我們這邊——目前待在大陸東部的廢墟。」

「知道了，我也會盡可能多做一點準備，你先讓那個實驗體少女安靜休息。」

「好，真的不行就拜託耀吧，這筆帳可以算到我頭上。」

焰點點頭表示理解，然後掛斷手機……抱住腦袋。

根據十六夜提供的情報，他們保護實驗體後已經過了四天，接下來再怎麼加快速度也需要兩天。考慮到實驗體少女的身體狀況，很有可能會趕不上。

煩惱到最後，焰猛然起身，伸手抓住阿周那的領子。

「你跟我來！阿周那！我有話要跟你們說！」

「等一下……怎麼這麼突然？」

阿周那被焰拖著前進。他大概完全沒聽說過關於粒子體的事情吧，然而身為參謀的仁・拉塞爾不可能也是這樣。

他肯定已經掌握到某些情報。

如果打算惡用星辰粒子體的組織是「Avatāra」，這幾天和自己的交流就是對方的諜報活動。

焰推開人群，衝向精靈列車的下層。

仁・拉塞爾預約的席位是位於休息室深處的包廂。

喘著氣一直線衝向下層的西鄉焰擅自推開房門闖進包廂。

「仁！仁・拉塞爾在嗎！」

視線集中到突然闖入室內的焰身上。雖然視線裡顯然帶有敵意，現在的焰卻不把那些壓力放在心上。

在瀰漫著紫煙的休息室深處包廂裡各據一席的人們——「Avatāra」的成員共有七名。

原本該有總共十名的太陽化身坐在這裡，不過目前在場的人都是暫時的同志。各自擁有雄偉異樣外型的這些人是能夠與魔王匹敵的參賽者，同時也是出資者。

其中坐在上座的人——仁・拉塞爾一派泰然地看著焰露出笑容。

「嗨，我就在想你差不多該出現了。」

「……咦？這句話是什麼意思？」

「就是字面上的意思，你和十六夜先生聯絡上了吧？那麼，你當然會前來我們這邊。」

依然靠著椅背的仁・拉塞爾靜靜微笑。

接著他拿出大陸地圖——以嚴肅態度開口說道：

「在到達目的地前還有一段時間可以利用。雖然有很多事情想告訴你……不過也對，首先就來聊聊你不知道的事件內幕吧，關於白化症（Albino）實驗體的事情。」

第四章

Last Embryo

——幻想大陸亞特蘭提斯，首都遺跡群。

在類似南國氣候的炎熱日照下，逆廻十六夜結束和西鄉焰的通話。

儘管此地和密林亞馬遜樹海相比還算涼快，然而對日本人的十六夜來說，這份暑氣很難說是好過。

他們把受海風吹拂的遺跡群當成住宿地點，拿南國特有的大葉子植物鋪在地上勉強度日。

十六夜還把上衣借給在旁邊睡著的白化症少女，目前身上只有一件薄襯衫。

他拿著大葉子輕輕扇動，不爽地自言自語。

「……這裡就是亞特蘭提斯的首都嗎？結果蓋在和傳說差了相當遠的地方。」

首都衛城——亞特蘭提斯最大的水都。據說這裡是著名的超高度發展水都，城市內每個角落都設置了水道。還有種說法認為此地甚至建構了當時在歐洲諸國應該尚未廣泛流傳的灌溉式田地，由此就可以窺見其文明之發達。

十六夜拿出這四天裡製作的遺跡簡略示意圖，瞪著示意圖開始推理。

（在那個時代就擁有灌溉技術，而且還鄰接希臘圈的地區……這樣一來，就是中東諸國和埃及了。）

空氣比較乾燥的古代希臘是旱地耕耘法比較發達，氣候安定的西歐則主要是採用二圃農制。然而在哲學家柏拉圖所留下的文獻裡，應該有一些推測亞特蘭提斯是實施灌溉農業的文章散見於其中。

只要靠農業痕跡來確定文明圈，就會知道大陸原本所在的地區。

如此一來，接下來需要物證。

不管時間已經過去多久，身為農耕文化中心人物的頗哩提毗・瑪塔想必都可以在遺跡內找出灌溉農業的痕跡。

如果能在都市附近發現灌溉農業的痕跡，就能從文明圈來特定出亞特蘭提斯大陸原本所在的地域。

「真希望她快點回來……嗯？」

這時，十六夜的左手突然被白化症少女抓住。他原本以為昏迷的少女終於恢復意識，看來並非如此。少女的眼神依舊空虛，只是拚命抓住十六夜的手。

「……好熱……救……救救我……！」

「———」

「我……不想……死……！」

少女握緊十六夜的手，求救的模樣彷彿在榨取生命。或許她還意識不清，無法分辨十六夜是什麼人……不，不光是那樣。

身為實驗體的這個少女原本就無依無靠，和世界上的任何人都沒有緣分。

她過去待在不把人當人看的地獄角落裡瑟瑟發抖，現今在夢中也依然身處地獄。

因為只知道地獄的少女——連在夢中也沒有地獄之外的去處。

十六夜把手放到她的額頭上，對著少女笑了。

「放心，我會救妳。」

「……真的……？」

「嗯，所以妳好好睡吧，大可以放一百萬個心。」

或許是十六夜這番話讓白化症少女總算鬆了一口氣，她閉上混濁的雙眼，再度靜靜入睡。

十六夜伸手幫少女抹去眼角的淚水，這時正好響起頗哩提的聲音。

「喂～十六夜！我找到你想要的痕跡了！」

「不愧是農耕的女神大人，辦事就是俐落。」

十六夜抬起頭，發現眼前有一個很養眼的女神。

衣物在外界就被打爛的頗哩提現在是把破掉的上衣綁起來只遮住胸部的輕便打扮，下半身衣物也大膽地截掉大腿以下部分，展現出耀眼的褐色美腿。

破布被拿去作為白化症少女的各式生活用品，不過那些布並沒有特別受到神明的加護，只是普通的衣服碎片。

十六夜很想吐嘈這個十二天成員是不是沾染了太多世俗之氣，但目前不是做那種事的時候。因為受限於現狀而沒有時間仔細鑑賞確實讓人遺憾，不過他還是當成非常時期的綠洲，遵守用法用量，讓眼睛只吃了適量的冰淇淋。

「那麼，妳在哪一帶找到農業的痕跡？」

「在王宮後面，有城市中的水道、蓄水池和農耕區域全部相連的痕跡。在治水技術方面算是相當高水準。」

頗哩提小跑著靠近，在地圖上追加了水道路線的部分。

如同蜘蛛網般密集鋪設的水道經過設計，讓水流能夠遍及城市的每個角落。要是這些水道裡都有水流通，想必會非常壯觀。

「問題是會以這個亞特蘭提斯大陸為舞台來舉辦什麼樣的遊戲。因為我們是被出乎意料的方法召喚過來，現在完全無法預測後續發展。」

製作地圖也是為了在確認遊戲規則後能立刻開始行動。

只要先掌握地形，不管情報落後多少都可以挽回。其實最快的辦法是找出熟悉地理環境的原住民，看是要和他們建立交情或是乾脆發動襲擊讓對方發誓服從。然而兩人至今都尚未發現像是有人類居住的聚落。

頗哩提把手帕沾濕放到少女的額頭上，露出帶著挖苦的笑容。

「十六夜，你應該可以放著這個女孩去進行更大規模的探查吧，為什麼沒去？」

「當然是因為我不能丟下工作不管啊。」

「別瞎扯了。對你來說，我們的工作應該頂多只有能賺點生活費的價值。你大可以把這女孩交給我，自己恣意行動吧？」

坐在十六夜正對面看著他的頗哩提露出比平常更嚴厲的眼神。

繼續用大葉子幫少女扇風的十六夜臉上表情不變，內心卻抱怨著這種年長女性的靈敏心思真是自己的剋星。

看樣子雖然沒有命中犯水那麼嚴重，但這類型的女性也是十六夜的罩門。

沒有打算減緩追擊攻勢的頗哩提繼續追問。

「根據你對持斧羅摩說過的那些話，我可以推測出個大概。你之前提過的白化症摯友也是得了白化症的黑人吧？」

「沒錯，不過那是很久以前的事了。」

「那麼，你是在持斧羅摩所說的組織實驗場裡遇到對方的嗎？」

「正確地點是飼養小屋。不過，不可能是同一個組織。」

「……？你怎麼如此肯定，有什麼理由？」

「理由只有一個，因為當初的那個組織——被我們殺光了。」

頗哩提皺起美麗的眉頭，這個理由可不尋常。

如果是她了解的十六夜，不會採取「殺光」這種手段。這句話並非意指十六夜不殺人，而是頗哩提認為要是十六夜發現有食人主義者成群結夥犯下邪門行徑，他應該會選擇一五一十地揭露所有罪行，讓對方在社會上無法立足的方法。

儘管內心有點疑問，頗哩提仍舊沒有追問。

「所以不可能是同一個組織……嗎？這樣的話只能去追查買方，你有沒有什麼線索……」

「沒有，那方面是金絲雀去收拾的，我們接觸過的組織和這次事件沒有關係。」

十六夜以冰冷的語氣直接說出事實，這語氣讓頗哩提再度感到驚訝。

雖然他刻意沒有明言，言外之意卻很清楚。

十六夜是在說，他和金絲雀已經把販賣白化症黑人的組織**徹底解決**。

「……聽起來真驚心動魄啊。」

「嗯，的確是。」

不打算詳細說明的十六夜隨口回應，動手描繪地圖。還有許多必須先做好的事前準備，現在不是閒聊的時候。

然而頗哩提接下來的態度完全改變，她翹起二郎腿露出別有深意的笑容。

「這樣一來，只剩下關於你摯友的事情了。十六夜，你所謂的那個摯友是**什麼樣的女性**？」

他們僅有兩支的筆「啪！」一聲斷了。

十六夜抬起頭露出難得的驚訝表情。

「……妳這個大地母神(八卦大嬸)是在說什麼鬼話？」

「什麼啊，我猜錯了嗎？可是男人像這樣對年輕過往依依不捨的理由基本上都是為了女性，而且肯定是初戀……」

「怎麼可能是那樣，至少我沒有那種感情。」

「哦？你說**你這邊**沒有？」

講到這邊，人類之母乾脆換上不懷好意的壞笑。她敏銳成這樣的反應讓十六夜腦裡閃過一位故人，忍不住咂嘴覺得真是剋星。

「我說妳別瞎猜了。基本上我直到最後都不知道那傢伙的性別耶。」

「……你不知道對方的性別？為什麼？」

「因為那傢伙的內外生殖器官好像一出生就遭到切除，本人也不懂男性和女性有什麼差別。如果接受ＤＮＡ鑑定或許能知道……不過那傢伙沒有時間。」

到此，頗哩提臉上第一次出現厭惡表情。就算是她，對剛才那句話也不能聽過就算了。不，或許正因為她是地母神才會更無法不當一回事。一開始就限制繁殖的行為根本是把人當畜生，也完全無意尊重他們身為人類應有的尊嚴。

十六夜沒有理會頗哩提的視線，撿起一顆小石頭丟向水道遺跡。他大概是已經放棄抵抗，覺得與其讓她知道一些不上不下的事情，還不如自己主動說明大略情況。

他一邊測量一邊有一句沒一句地開口，眼裡帶著似乎在自嘲的笑意。

「金絲雀帶我前往那個設施時，我差不多是十三歲。」

「……真年輕，甚至說是年幼也行。」

「那時候，我也知道自己還不成熟。不過呢，那也是歷經多次世界旅行並增加了不少見識的時期。所以在覺得自己已經通曉世事也看夠了世界各地的情況下，我突然冒出一個念頭，想要看看『這世界上最殘酷的戰爭』。」

「為什麼？」

頗哩提把身子往前探，十六夜丟著石頭回答。

「因為金絲雀只帶我去看美麗的事物，所以我有點膩了。不管是據說居住著惡魔的伊瓜蘇瀑布，或是傳說中赫拉克勒斯挑戰過的直布羅陀海峽，對還是小鬼的我都很有震撼力……不過啊，我就是覺得世上不可能只有美麗的事物，眼前的景色也不可能代表整個世界。」

回想起來，雖然規模和常人完全不同，但是內容大概算是小孩子都會有的懷疑吧。剛進入青春期時總是會認為自己很特別，開始小看世界就是第二階段。

所以十六夜忍不住自嘲，其實歸根究底，逆迴十六夜也只不過是個凡人。

「話雖這麼說，我並沒有真的跑去參加戰爭。因為金絲雀諄諄告誡，嚴禁我加入正在戰爭的其中一方並且實際出手，所以只能中止。」

「真是非常了不起的判斷。我支持金絲雀的立場，不過想問清理由。」

「這還用問，當然是因為我協助之後只會變成屠殺啊，而且隨手就能殺光所有人。」

十六夜呀哈哈大笑，但他的發言可不是笑話。

二十世紀以後的時代已經不再出現靠著殺光敵人來結束的戰爭。因為這個時代發生的戰爭主要是源自於理念不同、宗教相異、或是地緣政治學見解的衝突。

就算把目前參與戰爭的人全部殺光，也無法殺死理念。一旦理念持續存在，即使殺死當事人，也會因為繼承這種理念的其他人出現而導致白忙一場。

金絲雀說，只要處於戰爭根源和人類根源的事物沒有改變，殺光敵對者就是沒有意義的行為。

「我們挑起戰鬥的對象，是躲在戰爭背後活動的某個宗教組織。那是一群私下販賣武器、販賣人口、幫食人主義者接洽等幹盡各種壞事的傢伙……這些犯罪中最讓人作嘔的行徑，就是生產與販賣白化症的黑人。」

十六夜的眼神變得更無情與冷酷。

「我後來才知道白子信仰從古代起就在各地流傳，據說還有聲稱白子屍體會帶來幸運，或是吃白子屍體能獲得神氣的傳承。印度神話的『高貴民族（雅利安）』大遷徙和這方面也不是沒有關係，不過妳應該比我清楚所以咱們略過吧。」

「嗯，畢竟要我聽外人講解自家神明也是種困擾。」

十六夜對口氣像是在說笑的頗哩提露出一點笑容，肩膀也稍微放鬆。

「我當初剛踏進那間設施時的第一印象，只覺得有超濃的腐臭味。畢竟自己只被告知那裡是販賣人口的中心地，連到底是做什麼的設施都不知道，就直接闖進了最深處。」

「……那是金絲雀的意思嗎？」

「嗯，金絲雀那傢伙明明打一開始就清楚一切，卻面不改色地帶著笑容對我鬼扯什麼接下來的設施是最後一個，要我一個人去冒險。拜她所賜，還是個小屁孩的我收到了一個誇張的大驚喜。」

真的很不正常吧……十六夜強忍住笑意。

對於年幼的十六夜來說，人類屠宰場是個過於不道德的地方。

「說起來丟人，我這輩子也只有那次嚇得臉色那麼慘白。再加上那裡是預定要廢棄的設施，屠宰場裡有**各式各樣的東西**散落一地，簡直慘不忍睹……所以陷入半錯亂的我就把看到的所有一切都徹底**破壞**、**殺光**。」

對於十六夜來說，那是他第一次解放自己的力量。

良知、判斷力，還有下意識克制的暴力。當十六夜狠狠拋開這一切時，他發揮出的戰鬥能力即使用上外界的所有武力也無法鎮壓。

大地裂開，都市粉碎，連如同雨水般散落的鮮血也不被他當成一回事。

當時顯然是發生了一場單方面的虐殺，不需要再特別說明。

「得救的人……只有那傢伙。只有三成的內臟遭到摘除，身為人的機能幾乎都完蛋了的那傢伙留下。」

「……這樣啊。」

十六夜先前說過：「那傢伙沒有時間」。

這句話一定就是字面上的意思。

既然身為人的機能已經無法正常運作，對方的生命大概只是風中殘燭。

「不過你們應該還有一些時間共處吧，要不然怎麼能說是摯友呢？」

「……嗯，是有一些時間啦。我們一起度過了大約十天，其中有一半的日子甚至還跑去旅行。」

十六夜感到很受不了，覺得這個大地母神老是提出一些毫不客氣的問題。

「我想知道你這個摯友的為人，對方是什麼樣的人？」

「關於這點只要一句話就能說明，那傢伙毫無疑問是『世界第一的愛哭鬼』。」

這次換成頗哩提愣了一下，心想這別名實在直截了當。

「……哦？不但是愛哭鬼，還是『世界第一的愛哭鬼』嗎？」

「嗯，那傢伙是無論碰上什麼事都會立刻哭出來的愛哭鬼，我想有一成的人生都在哭泣吧？畢竟——那傢伙會因為第一次看到的星空很美而哭，也因為第一次看到的晚霞很美而哭，還因為第一次看到的晨曦很美，所以開心到哭。聽到這種感想，還叫對方不要哭未免太掃興了吧？」

十六夜呀哈哈放聲大笑。這笑容和先前的冷漠並不相同，看起來像是打心底感到有趣。

正如這笑容所示，在那場陰鬱的事件中，唯一的救贖是友人的眼淚。

十六夜自己提出的「想看看這個世界上最殘酷的戰爭」是事件的開端。

人和人互相殘殺，彼此爭奪，相互憎恨的最前線。

然而曾經在那種環境的最深處見識到地獄的人——卻流下滂沱淚水傾訴感動，認為自己初次見到的世上一切都很美。

少年時的十六夜在世界旅行中得到的所有結論，都包括在那滿溢而出的淚水裡。

「……聽了那傢伙的感想後，我決定了自己面對世界的方式。如果我的拳頭會打裂大地，我的憤怒會毀滅城鎮——如果有哪個世界會因為自己的感情過於高漲而失去原樣，那麼我願意無所事事地度過一生。」

這是十六夜即將前來箱庭前，和死神克洛亞·巴隆交戰時提過的事情。

要是這份力量會破壞世界，還不如擺爛一生乖乖被歷史埋沒。

力量的枷鎖和心靈的桎梏都曾經因為義憤而解開，正是那淚水幫十六夜再度鎖上。

「後來……我只有在外界抓狂過一次。因為當時還是小鬼的我根本無法應付失去那傢伙的喪失感，也無法抑制住感情，所以一定要找個辦法去填補。」

「……所以你選的辦法就是『殺光一切』嗎？」

「沒錯，不過金絲雀告訴我——『就算殺光一切，戰爭也不會結束』。儘管如此，我還是堅持絕對要強行把相關人士重新挖出來報復，徹底驅除那些傢伙。只是到頭來金絲雀的預言還是說中了。我看到持斧羅摩的宿主時之所以那麼動搖……嗯，就是因為這麼一回事。」

「————……」

「就算殺光一切，戰爭也不會結束」，這是殘酷的真理，也是真實。

原因就是，新世紀的人類不會毫無理由就發生衝突。

如果不面對紛爭的根源，那些基於地緣政治學上的理由、宗教上的理由、理念上的理由而引起的戰爭不會迎來真正的終結。

因為紛爭的開端是「非人且無形的某種事物」，所以就算殺光相爭的人類，身為紛爭火種的怪物也不會消失。

無論哪個時代，人類的敵人必定來自於這三個理由。

而走過那一切的正是現今的人類歷史，這也是事實。

救世的共同體「Avatāra」——其中的第六化身會從那個組織的犧牲者中誕生，想必絕對不是毫無關係的現象。

「——哼，我簡直就像是小丑。事到如今，捨棄的世界的過去居然又出現在自己的面前。明明身為當事者的我自以為已經解決，還把這事忘得一乾二淨了。」

然而沒有徹底解決的紛爭火種延燒出去，再度在十六夜面前現身。原本以為戰爭已經結束，當事者卻一直在改變。

——「我不會再帶你前來戰場」。

金絲雀要求十六夜將來有一天必須靠著自己的雙腳，並且以正確的形式來面對。

她的發言準確到甚至讓人火大，預言了十六夜的未來。

「第六化身持斧羅摩……我不知道那傢伙是基於何種命運在我們的世界顯現。說不定和『Avatāra』有關，也有可能是為了爭奪太陽主權……或者是外界發生的**什麼事情**成了原因，我想和粒子體肯定也不是毫無關係。為了確定出答案，我必須去見那傢伙。」

一切都有關聯，這是十六夜的預感。

在三年前打倒「人類最終考驗（Last Embryo）」後——自己一直能感覺到的不祥黑影即將現身的預感。

「——原來如此，我充分了解你們的情況了。」

頗哩提雙臂環胸，非常仔細地聆聽十六夜的發言。

她頻頻點頭作為回應後，換上更嚴肅的表情提問。

「換句話說——你的初戀對象是金絲雀吧？」

「妳這個大地母神（八卦大嬸）要是再不給我有分寸一點，我真的會殺了妳！」

護法神十二天裡沒有賢神。

這一瞬間，十六夜如此確定。

頗哩提沒把十六夜那帶有八成認真殺氣的威脅當一回事，滿臉壞笑地豎起食指。

「矇混也沒用喔，媽媽女神我已經全看穿了。既然用了這種態度去回憶故人，怎麼可能沒有任何感情呢！所以我推理出金絲雀或摯友其中某一個是十六夜你的初戀對象！」

「隨妳愛怎麼講，這個廢女神。況且基本上，我告訴妳的事情根本還不足以用來推理吧。」

「……唔，也對。那麼接下來的話題就換成你和金絲雀還有你摯友的蜜月……」

誰要告訴妳！十六夜回罵之後狠狠咂嘴。

他發下重誓，絕對不會再跟這個廢女神提起往事。

接著十六夜揹起仍在熟睡的白化症少女，開始往東方前進。看到他逃走的頗哩提並沒有繼續追究，只是走向十六夜背後跟著移動。

接著，她帶著溫和笑容開口問道：

「我最後再問一件事，你的摯友叫什麼名字？」

「……那傢伙自稱『Ishi』，說是偶然在書上看到時覺得很感動，所以決定叫這個名字。不過我是在那傢伙死了很久以後，才終於知道這個名字的意義。」

十六夜背對著頗哩提越走越遠。頗哩提雖然無法看到他的表情，不過還是能聽出聲調中包含的感情。

把人類視為家畜，剝奪性別，只當成食物對待的設施。

即使身陷其中——十六夜的摯友依舊主張自己是「人類（Ishi）」。

這種行為應該灌注了就算被挖苦為「世界第一的愛哭鬼」，卻只有這個底線絕對無法退讓，自身的尊嚴就存在於此的意念吧。

一個會因為看到星空而哭，因為看到晚霞而哭，因為看到晨曦而哭。

卻又靜靜地發出嘶吼，希望自己誕生時的第一聲能傳遍世界的人。

正因為對方是這樣的人，所以十六夜才會如此形容。

「對我來說——那傢伙正是可以稱為摯友（無二）的存在。」

*

後來，兩人默默地在森林裡前進了一陣子。

雖說和熱帶雨林相比算是沒那麼熱，不過這個亞特蘭提斯大陸的氣溫也相當高，十六夜的體感溫度大約是三十六℃左右吧。炎熱日光鑽過茂密南國樹木的縫隙，毫不留情地灼燒皮膚；高濕度導致酷熱指數上升，讓人揮汗如雨。

他們在這種情況下依然選擇穿越森林的原因，是因為判斷這樣應該會比受到陽光直射好。

被十六夜揹著的白化症少女呼出熱氣，現在依舊很痛苦。

可以的話，找到人類住處讓她休息是最理想的情況。

「那麼，十六夜你決定方針了嗎？」

「姑且是定下來了。焰他們還要相當長一段時間才能到達，要是再這樣下去，這個白色美少女不管怎麼想都撐不到那時。」

「嗯嗯，所以呢？」

「因為具體的解決辦法只能交給焰，我們的行動可以分為該如何延長生命或是如何提早會合時間。如果我的預測正確，精靈列車大概會從東邊登陸。」

東邊？頗哩提重複了一次。

十六夜回過頭。

「……頗哩提，妳有聽過『Nec Plus Ultima』這句話嗎？」

「不，第一次聽到。這是拉丁語嗎？」

「嗯，是希臘的古老詞語。」

只講完這句話，十六夜又轉回前方。

而且還開始快步往前走。

頗哩提也快步跟上。

「……？你不解說一下嗎？」

「我不想跟八卦神多說，妳自己慢慢煩惱吧。」

這種先勾起好奇心再撒手不管的行為，讓頗哩提忍不住瞪大雙眼。

就算是她，也不清楚不同文明圈的神群。明白十六夜是在報復自己剛剛的刨根究底後，頗哩提小跑著來到十六夜身旁，露出一臉賊笑。

「真讓人驚訝，沒想到新世代的英傑大人居然會對那種小事耿耿於懷，難道真的被我說中了？」

「隨便妳猜啦，臭老太婆。而且基本上，妳跟太陽主權戰爭沒有關係吧？」

「是沒錯，但讓人感到在意也是事實啊。」

「妳真的很煩耶，大地母神。快點趁這機會讓已經老化的灰色腦細胞活化一下吧。」

去去去，十六夜揮手想把她趕走。然而不管十六夜的態度有多惡劣，頗哩提都沒有反應。那種很擅長應付年輕人的模樣實在很惹人厭。

一行人維持這種吵吵鬧鬧的氣氛，繼續在茂盛翠綠的南國森林裡往前進。

很快的，他們已經在沒有路的森林裡移動了兩小時。

同時察覺到周圍異變的兩人停止說笑。

臉上依舊掛著胡鬧表情的頗哩提靠近十六夜。

「——**有人跟著**。」

「嗯，不過不是參賽者，因為對方太熟悉森林裡的移動技巧。」

「那麼也不會是持斧羅摩，有可能是原住民嗎？」

「很有可能。如果真是那樣，根本是自己送來嘴邊的肉。」

輕鬆走在茂密森林裡的兩人都咧嘴一笑。只有在惡作劇時會步調一致是非常危險的傾向，不過這情況下是跟蹤的人自己有錯，所以也沒有辦法。

頗哩提不動聲色地和十六夜拉開距離。

十六夜把少女重新揹好，稍微擺出備戰態勢。畢竟不能揹著病危的少女投入戰局，所以他踩著輕快腳步，想把現場交給頗哩提處理。

頗哩提縮短步伐裝出好像跟不上的模樣，同時悄悄丟下一顆顆菩提樹的種子。

丟完第六顆種子後，她停下腳步。

在搖晃的樹木中，頗哩提對著藏起身影的跟蹤者發話。

「……好啦，從剛才就一直跟在後面的人給我聽好。你們是明知我等是秩序守護者『護法神十二天』的相關人士，還做出此等無禮行徑嗎？」

森林的樹木被風吹得沙沙作響，然而從旁觀察，依舊感覺不到有人的動靜。頗哩提原本想藉由報出十二天的名號和平解決，看樣子這做法並不通用。

不得已，雖然必須動用一點粗暴手段，不過這是對方自己的判斷。

頗哩提對著菩提樹種子打響手指。

於是，大地突然冒出像是要侵蝕森林的巨大藤蔓。

得到神格的菩提樹將蒼鬱的樹木一一截斷並往外擴散，開始隨機破壞森林。十六夜也被這出乎意料的粗暴手段嚇了一跳，只是他很快理解這方法可以同時破壞和植樹，因此悠哉看戲。然而跟蹤者們可無法忍受。他們就是靠著森林掩護，才能夠跟在十六夜等人後面。

被逼出的跟蹤者們紛紛怒吼：

「看這詭異的魔術……你們果然是巨人族的手下嗎！」

「散開來包圍他們！」

「別對怪樹出手！直接攻擊術者！」

跳出來的黑影共有七個，多到讓人意外。

他們切斷已經大量擴散並展開追擊的菩提樹藤蔓和樹枝，在森林裡無拘無束地來回跳躍。想活捉這些傢伙的頗哩提並沒有用樹枝刺殺他們，而是試著用藤蔓來追捕，不過跟蹤者卻揮動刀刃，斬落伸向自己的藤蔓。

「哦？」

（沒想到動作挺俐落的嘛。）

十六夜和頗哩提都感到佩服。面對將近奇襲的菩提樹攻擊，這些人驚險地全數躲過，看樣子並非普通的原住民。

這麼一來，碰上麻煩的人就成了想抓住他們的頗哩提。

只是要殺掉這些人還很容易，換成要抓人就難以拿捏力道。

而且在森林裡靈活移動的他們不斷使用吹箭等武器攻擊身為術者的頗哩提，吹箭上似乎塗了麻痹毒，不過對她大概沒有效果。

話雖如此，被攻擊還是會痛，也依舊會感到不快。頗哩提慎重對應並繼續試圖抓住跟蹤者，但是必須花費的時間看起來會高於預估。

悠哉旁觀戰鬥的十六夜在這時注意到那些人臉上的面具。

（……牛的面具？）

用骨頭和角製成的牛面具。

聽說牛在希臘神話中被視為信仰的對象，這就是原因嗎？

（這下東亞的可能性完全消失了，因為那裡應該是把牛視為六畜之王兼怪物的代名詞。如果亞特蘭提斯大陸存在於盛行牛信仰的地域，而且比中東更往西……這下終於可以推測出大陸的所在地點。）

完全成了觀眾的十六夜在腦中展開先前的情報。

這情景感覺會被黑兔吐嘈現在才不是可以悠哉進行考察的時候，不過傷腦筋的是，現場沒有能負責吐嘈的人。

在腦內攤開世界地圖的十六夜列舉出考察過的關鍵字。

——古代希臘世界尚未普及的灌溉農業痕跡。

——溫暖的氣候以及近似南國的植物與生態系統。

——是盛行牛信仰，還把牛用在裝飾上的地域。

既然有不同文明圈交集，就代表這個地方必然位於各個文明圈的邊界上。這種能集聚文明的地域並不多。

牛信仰是希臘圈，灌溉農業是埃及圈。

講到這兩個文明圈重疊的邊界地域——

（海上交通繁盛的希臘文明愛琴海……希臘世界裡的海洋大國。這些關鍵字暗示出亞特蘭提斯大陸存在於**留有彌諾陶洛斯傳說**的克里特島附近……不，等等。）

十六夜因為自己的考察而驚訝到說不出話。

一方面是因為居然能湊齊這麼多關鍵字……另一方面也因為如果這個推測正確，等於焰他們手上握有最強的牌。

要讓原住民協助也不是難事。

考慮到兩人目前身處的狀況，繼續打打殺殺恐怕不妥。十六夜把意識放回眼前正在上演的戰鬥，立刻探出身體打算阻止眾人。

然而就在此時——森林因為足以**撼**動大地的地鳴聲而搖晃。

「……地震？」

已經抓住七名跟蹤者其中五人的頗哩提也因為這個地鳴聲而停下菩提樹的動作，這不是人力能引起的聲音。

咚！咚！響遍周遭的地鳴聲逐漸靠近。

就像是有什麼龐大重量被拖動的聲音讓十六夜提高警戒。

在緊迫的狀況下，被頗哩提抓住的牛面具男子開口大叫：

「喂，我說你們兩個怎麼這種反應……該不會不知道巨人族吧？」

「你們到底是誰？看這身打扮，不可能是這大陸的人啊。」

聽到對方提問的頗哩提停止攻擊，似乎很傻眼地嘆了口氣。

「我們先前已經報過名號了……重新再說一次吧，我等是『護法神十二天』的……」

「噢，頗哩提妳等一下，箱庭裡的某些地區沒辦法理解那種講法。因為這裡是希臘圈，我想這次應該要自稱『天軍(Deva)』會比較好懂吧？」

聽到十六夜提案的牛面具戰士們紛紛看向彼此驚訝大叫。

「你……你們是天軍(Deva)？那不是我等的大父神宙斯也有加入的最強武神眾嗎……！」

「就是那個，『護法神十二天』類似是他們的同盟共同體。」

「這……我們真是太冒犯了……！」

沒被抓住的牛面具戰士們紛紛放開武器跪下。

頗哩提也把先前抓住的戰士們放回地上，往後退開幾步。她的表情有些不滿，大概是因為自身的名號並不普遍吧。然而廣大的箱庭裡有許多未開發的地域，一旦文明圈相異，甚至會有鮮為人知的神群存在，所以這也是情有可原的狀況。

十六夜代替鬧起彆扭的頗哩提，出面交涉。

「我有兩件事情想問。你們是這大陸的原住民，居住的聚落之類是在附近嗎？」

「……原住民這點我們不否認，但是我等的城市無可奉告。」

「是嗎。對啦，畢竟要顧及防衛安全，這也沒辦法。」

看對方的態度，就算稍作威脅，恐怕也不會開口。先前的戰鬥也一樣，每個人的武藝都很熟練。以組織來論，他們是完成度相當高的集團。

那麼……十六夜接下來把視線轉向空中。

「下個問題是關於從剛剛響到現在的這個地鳴聲，這是什麼？所謂的巨人族嗎？」

「是的，至少我等是把**那東西**稱為巨人族。」

這個別有含意的講法讓十六夜起了疑心。

然而在他追問之前，巨大陰影籠罩天空。

「嗚……這是怎麼了……？」

「頗哩提，看上面！有東西要出現了！」

十六夜和頗哩提都因為突然的黑暗而提高警戒，但是很快就明白原因。

「這是山……不，**岩石**嗎！」

他們眼前出現將光線完全遮蔽的巨大岩塊，甚至連土石流都不足以用來比喻。

如果雲海整個變化成岩石，應該會形成這幅畫面吧。質量龐大到可說是荒誕的岩石巨人發出聲響，通過十六夜等人的頭上。

十六夜立刻爬上附近的大樹觀察周遭，再度因為那副巨大身軀而感到驚訝。

儘管高度並不是特別突出，但是水平延伸的岩塊身體卻寬廣到可以蓋住首都遺跡的一半。從軀幹伸出的四隻腳正在源源不絕地從地面吸收岩石，持續成長變大。

然而這個物體——真的可以稱之為巨人族嗎？

雖說岩塊巨人以四隻腳步行並緩慢前進，卻找不到像是頭部的部位。不，甚至基本上，**這玩意兒**算是生命體嗎？

「我是有聽說過噬岩巨人（Rock Biter）……可是這太誇張了。就算是成長期也該有限度吧，而且我以為那不是會成長到如此巨大的種族。」

「實際上如何呢，牛面具的戰士們？這大陸上有許多類似的生命體嗎？」

「不……不是，這巨人最近才出現。」

「……？這種講法讓人有點介意，你的意思是除了這個巨人，還有其他的巨人嗎？」

牛面具戰士們點了點頭，這答案讓兩人有點意外。

因為他們來到亞特蘭提斯大陸後已經過了四天，完全沒碰上危險的怪物。頂多只有巨大的野豬，而且還被他們當成了美食享用。

「意思是在安全地域突然出現的外來種嗎？」

「是的，包含在希臘神群中的怪物們不會接近比這遺跡更東邊的地區，無論是多強大的怪物都不例外，但是……」

「是喔。」

十六夜一邊隨口回應，同時硬把「換句話說你們的聚落也在東邊吧？」這句話吞回肚子裡。在這種緊急事態下被人揭穿祕密，對方恐怕不會好受。

而且，那玩意兒也有可能是被人趁著太陽主權戰爭帶來此地的怪物。

「那麼，你們想怎麼辦？如果只是要破壞，我覺得能夠辦到。」

「咦！別……別說這種蠢話！要是那傢伙暴動起來，這地域會化為焦土！」

「絕對不可以出手！只要不主動威脅到它，基本上都無害！」

牛面具戰士們慌忙制止十六夜。的確，那東西雖然在吸收大地，但目前並沒有表現出任何有意造成什麼損害的動靜。

造成的影響頂多只有陽光會在不是雲層而是岩塊通過頭上時遭到遮蔽，所以對於身為原住民的他們來說，出現損害之前似乎都沒有必要挑起戰鬥。

「……真可惜，我有點想跟它玩玩。」

「喂！笨蛋！快住手！那東西真的是危險的怪物！要不是赫拉克勒斯大人因為主權戰爭而來到此地，我等也不知道會有何下場……！」

哦……十六夜望著空中的岩塊，隨便回應一下。

站在他的立場，碰到如此巨大的玩具卻要直接離開不能好好活動一下，想必滿心依依不捨吧。要是沒有背後的少女，說不定十六夜已經無視忠告直接出手了。

他以帶著遺憾的視線望著那岩塊，過了一會兒才突然歪著頭再度發問：

「——喂，你剛剛說了什麼？」

「所以說，那東西真的是危險的怪物……」

「我不是指那部分，你說誰來到這個大陸？」

十六夜加強語氣又問了一次，牛面具戰士們卻看了看彼此，似乎是覺得十六夜為什麼會在這種狀況下介意那種事。

不過旁邊的頗哩提也沒有聽漏剛才的話。

「赫拉克勒斯……希臘神群最強的戰士赫拉克勒斯來了嗎？」

「啊……是的，身為太陽主權戰爭主辦者的大人會假扮成參賽者……」

「哎呀，我覺得剛剛連續聽到好幾件不該聽到的事情耶。」

牛面具戰士們趕緊摀住嘴巴，他們直到此時才察覺十六夜等人是主權戰爭的參賽者。

如此一來，就代表他們先前的發言和遊戲謎題有直接關聯。

也代表他們是在這次主權戰爭中負責帶路的當地居民。

十六夜露出似乎很傻眼的笑容。

「哎呀呀，這該說是天上掉下來的好運還是不可抗力抑或是掃興呢——不過，安排赫拉克勒斯擔任主辦場控人員還真是用心啊。在擁有黃道十二宮相關傳說的眾人當中，他可是最有名的英傑之一吧？」

希臘神群最強的戰士赫拉克勒斯——克服被稱為「十誡考驗」或「十二難關」的恩賜遊戲，後來登上神靈之座的大英傑。

雖然如今的「十誡考驗」在各式各樣的驗證研究下已經成為眾人熟悉的遊戲，甚至還被一部分參賽者拿來進行計時競爭賽，然而最初的原型考驗卻是難度破表的神魔遊戲。

這個「十誡考驗」規定必須挑戰包括「純血龍種」在內的各種怪物，在較量測驗武、智、勇的神魔遊戲中，被歸類於達到「武」之巔峰的遊戲。

「不過赫拉克勒斯這水準的戰士居然是以主辦者身分參加，他本人能接受嗎？這個人毫無疑問是優勝熱門人選之一吧？」

「沒錯沒錯，我也聽說赫拉克勒斯會參賽所以很期待能和他競爭耶哎呀我真的超級期待你們到底要怎麼補償我？」

「這……這種事情跟我們說也沒有用！何況參賽者的登陸時間應該還沒到！」

「這說來話長，不過基本上我們持有邀請函。而且這邊還有個重病患者，我知道這要求是強人所難，但你們能不能介紹一個可以讓病人安全休養的地方？」

頗哩提簡單說明自己等人是從外界被召喚到此，然後讓牛面具戰士們看看揹在十六夜身後的少女並說明狀況。

於是，原本態度強硬的戰士們突然急速軟化。

「病危的小孩……！你們為什麼不早點說！」

「距離這裡最近的地方是東南方的碼頭！」

「立刻呼叫光翼馬（Pegasus）吧！讓光翼馬來負責運送的話，應該不會造成病人的負擔！」

「……噢，是嗎？那就麻煩你們了。」

因為突然的變化而嚇了一跳的十六夜順著事態發展放下少女，交給牛面具的戰士。看到年幼孩童受苦時可以做出這種對應，顯見這些人頗為紳士。

一名戰士吹響呼喚飛馬的笛子，同時另一名比較矮小的戰士拿出一條布，用飲用水沾濕後，幫看起來很痛苦的少女擦拭額頭。

看到牛面具戰士開始照顧少女，十六夜從面具縫隙間觀察對方的臉。

「……妳是女的？」

「沒錯，怎麼了？」

「不，我只是覺得妳很勇猛。不過米諾斯文明裡有女性擔任祭司的紀錄，所以也不是什麼不可思議的事情。」

這發言讓牛面具女戰士皺起眉頭。

十六夜只確認了她的反應，呀哈哈笑著想要矇混過去。

「抱歉，在遊戲開始前繼續多嘴實在很不識趣呢。」

「哼，已經講那麼多了還裝模作樣個什麼。」

「別那麼生氣。我真的很感謝你們，之後一定會好好補償。」

十六夜呀哈哈笑著坐下。

看來這些人果然是克里特島米諾斯文明的相關人士。雖然十六夜不清楚他們是基於何種因果被召喚到箱庭，但是這下可以確定焰他們手中有張強大的好牌。

頭上還有巨大的岩塊怪物在緩緩移動，不過看樣子那玩意兒沒有打算亂來。如果能就這樣順利前往聚落當然是最好不過。

只要能把照顧少女的事情交給原住民負責，十六夜就可以隻身去迎接焰等人，想必耗費的時間會比預定大幅縮短。

真沒想到運勢似乎轉向自己這邊。

如果要提個更貪心的要求，十六夜很想在遊戲開始前先招惹一下赫拉克勒斯並打個一場

——當他正盤算著這種邪惡主意時——

頗哩提醚起眼睛望向遠方。

「……天空很黑。」

「嗯？畢竟有岩塊經過頭上，當然會變黑啊。」

「不對。你看那邊，那是大量黑煙形成的黑雲。東南方有東西在燃燒……我記得他們剛剛是說東南方有碼頭吧？」

頗哩提用手一指，在場所有人都緊張起來。

「沒……沒錯……那是碼頭的方向……！」

「該不會是碼頭遭到襲擊吧？」

「但是為什麼！現在漁業已經暫停，那個碼頭應該只有赫拉克勒斯大人搭乘的船隻啊！」

十六夜沒理會慌亂的牛面具戰士們，自己苦惱了起來。

（……不，那顯然就是原因吧。）

他強行克制著想吐嘈的心情。十六夜向來主張一個人要是太常吐嘈會導致自身立場變弱，只要看看黑兔就知道這理論絕對沒錯。

而且最重要的是，赫拉克勒斯擁有多個和太陽主權有關的傳說。

如果戰士們提到的船是十六夜想到的答案，那麼很有可能是靠著太陽主權之一來顯現的船隻。

只是如果真有人襲擊那艘船，就會浮現出其他問題。

「頗哩提，看樣子先登陸的人不只我們。」

「似乎是這樣──怎麼辦？要我幫忙嗎？」

「不，我一個人就夠了。因為妳不是參賽者，捲入參賽者之間的糾紛可不是好事。妳和這些傢伙一起前往其他聚落。」

頗哩提靜靜點頭，把一顆小種子遞給十六夜。

「想跟我會合時就把這顆種子埋進土裡，應該會指示你該往哪裡走。」

「知道了。」

十六夜點點頭，往東南方跑去。

放下少女這個包袱後，十六夜的強健雙腳刮起煙塵，瞬間衝向遠方。他的臉上已經看不到先前的平穩。

十六夜瞪著從海邊升起的黑煙，視線變得更加銳利。

爭奪太陽主權的第一場衝突正在一步步逼近。

第五章

Last Embryo

以巨大船隻為中心編組的船隊到達第一舞台「失落大陸(Lost Atlantis)」一角的碼頭。想必是船帆上繡有黃金羊旗幟的巨大加利恩帆船船隊不畏懼激烈風浪，以強而有力的航行突破了大海。

消失大陸周遭有著非常混亂的海流和氣流，彷彿是想要阻擋侵入者。然而這支船隊卻可以直線航行，或許是擁有什麼特別的加護。

只要是箱庭的船員，想必都有聽說過這艘不把宛如魔境的箱庭大海當成一回事，能夠順利航行的船隻。

以太陽主權之一的牡羊座——白羊宮為媒介召喚出來的這艘船因為曾經在希臘載運過眾多英雄豪傑，所以事蹟得以流傳至今。

船隊的名號是黃金羊之探索船隊「阿爾戈英雄(Argonautai)」。

他們原本是希臘神群裡數一數二的共同體，不過直到最近的白羊宮持有者都還是白夜王，所以稍微改變了狀態的形式。

這支船隊以希臘神群的傳說「阿爾戈號(Argo)」為中心編組而成，每一艘船的船名都是繼承自「曾在阿爾戈號傳說裡登場過的怪物之名」。
船隻使用了一部分由多頭怪女斯庫拉（Skylla）、美聲惡魔賽蓮（Seirēn）等怪物身上取得的素材，因此昇華為恩惠，並且渡過大海。
只要乘上這支船隊，海上的魔物根本不足為懼。
被召來擔任太陽主權戰爭場控人員的他們**大概**有許多成員會揚起船帆引吭高歌，互相吆喝著熱鬧渡海前來吧。
——然而，一切已成過去。
這支勇猛船隊的存在只維持到碰上深海超獸的襲擊為止。
在海浪間搖晃的巨大黑影伸出了巨大的角，船隊只能束手無策地任其橫掃。
超獸的氣息劈開大海，尾巴打裂二十條船的龍骨，利牙輕易咬碎巨大的礁岩。
身影在浪間隱約可見的超獸只用一個動作就毀滅了「阿爾戈英雄（Argonautai）」船隊，實在讓人畏懼。
「……這真是出乎意料的發展。」
到達現場的十六夜以嚴峻視線看向被悽慘擊潰的船隊。碼頭上或許有酒窖失火，現在正燃燒著熊熊大火，呈現出宛如地獄的景象。
從沿海懸崖上目睹船隊潰滅過程的十六夜瞪著消失於海浪間的神祕超獸，靜靜地燃起義憤之怒火。
以恩賜遊戲的性質來看，參賽者互相傷害是無可奈何的事情。然而襲擊無關的原住民聚落並縱火燒村顯然是太過度的行為。

一旦允許這種沒有區別的破壞行動，代理戰爭到底還有什麼意義？

雖然十六夜的感情沒有豐富到會憐憫非親非故的外人，不過這卻是投身戰鬥的人都有義務理解的無形法律。

「哼！看來有三流的混帳混進了這次的太陽主權戰爭裡。」

剛剛的戰鬥並非使用了「主辦者權限」的強制遊戲，沒有留下那樣的痕跡。

單純只是憑藉暴力的蹂躪行為。像那種連身為參賽者應有的最低限度自尊都不具備的傢伙，沒有必要讓對方參加舞台開幕。

十六夜跳下懸崖，用力握緊拳頭。

首先必須斷絕火源。

飛越過熊熊燃燒的聚落，站立在海岸邊的十六夜奔往起火源的酒窖前。

「看招——！」

他大喝一聲，朝著酒窖把海面往上踢。被十六夜的強勁腳力帶起的大量海水瞬間吞沒並沖走酒窖的火焰，連建築物也一併捲走。

為了防止火勢蔓延，破壞建築物是古典且有效的方法。

十六夜同時針對已經延燒到半個聚落的火勢和小屋分別進行滅火與破壞，一轉眼就成功防止損害進一步擴大。至於在海上熊熊燃燒的船隊，大概也只要再過一段時間就會自行熄滅。

話雖如此，這個聚落已經有一半遭到燒燬，肯定要花上一些日子才能復興。

（……沒看到死者，是居民很快就察覺異狀並逃往內陸嗎？）

這是正確的判斷，沒有幾個人能對付那隻潛在海中的巨大怪物。

就連十六夜自己也無法追進海裡。如果是一般的對手，要在水中戰鬥並非完全不可能，然而先前目擊的超獸顯然不是普通的怪物。

不知道是亞特蘭提斯大陸的原生怪物，還是哪個人放出來的入侵物種。

「哼哼，不愧是夢幻大陸，意思是沒那麼好應付……嗎？」

十六夜在無人的海邊呀哈哈大笑。原住民應該會在一段時間後回到聚落吧，到時首先要問問他們到底是發生了什麼事。打著這種算盤的十六夜坐了下來，然而就在此時——

海岸和懸崖上方的森林中。

分處兩端的地方同時傳出劇烈聲響，讓十六夜收起笑容。

海上的聲響想必是先前的超獸，有人在形成弧線的海岸另一端和那隻超獸開始交戰。

可是森林裡的聲音不一樣。

在折斷的樹木和揚起的煙塵中，夾雜著明確的金屬撞擊聲。

聽出這是人類在互相爭鬥後，十六夜忍不住狠狠咂嘴。

（該不會……是襲擊者在追擊從這個聚落逃走的居民吧？）

他不清楚襲擊者的身分，但是也完全看不出做到那種地步的必要性。如果想從原住民那裡取得情報，應該還多的是其他方法。

或者——難道是在襲擊者當中，有哪個人解開了十六夜不知道的謎題？

雖說海上的超獸也讓人在意，不過現在要優先援救逃走的原住民。十六夜像子彈一樣往前衝，前往冒出煙塵的方向。

森林裡傳出的聲響除了金屬聲，還夾雜著各式各樣的叫聲。

「女人小孩都逃往聖地！」

「戰士用弓箭應戰！近身戰打不贏！」

「不行，對方太快了打不中……！」

金屬激烈碰撞的聲音以及男女老幼的慘叫。十六夜從逃跑的原住民頭上跳過，一直線往前進。根據碰撞聲響起的次數和頻率，他明白戰鬥者的武藝絕非一般。覺得應該不可能的十六夜一邊在腦中描繪出可能人選，同時跳入戰場。

於是，他眼前出現飛舞的純白長髮。

「……嗚！你是那天晚上的小童……！」

「果然是妳嗎，持斧羅摩！」

純白的武人以跳舞般的動作從草叢中現身。

手中拿著染血戰斧的她才剛衝出來，就滿頭大汗地屈膝跪地。

儘管沒看到明顯外傷，不過可以看出持斧羅摩的身體狀況非常糟糕。至少是四天前雙方第一次碰面時沒發生的異狀。

十六夜雖然察覺原因，但還是壓抑著內心憤怒，靜靜發問：

「看來襲擊聚落的犯人……應該不是妳吧？」

「當然不是，蠢貨！老身在這裡只是因為不支倒下時，被此地的人好心收留！」

持斧羅摩喘著氣怒聲回應，卻立刻咳了一陣還吐出血來。

她擦去汗水，撐著染血戰斧勉強起身。仔細一看，持斧羅摩並非完全無傷，宿主少女的白色肌膚上有著一條條細線般的切割傷。

十六夜原本懷疑那是遠距離攻擊武器造成的傷口，不過若真是那樣，痕跡未免不太對勁。只能直線往前飛的遠距離攻擊武器不可能造成這種曲線形的切割傷。如此一來，敵人的武器就是——

「對方的武器是鞭子……不，鐵絲嗎？」

「可惜還差一點，實際上恐怕是從某種動物身上抽出的**絲線**吧。如果老身狀況正常，那只不過是不入流的兒戲……現在卻如你所見，淪落成這副醜態。」

持斧羅摩陰鬱地哼笑了幾聲，接著又不斷咳嗽。雖然她硬是逞強，但咳到出血有可能是肺部受損。

十六夜本來推測持斧羅摩的症狀和那名白化症少女相同，但她看起來惡化得更加嚴重。既然還有力氣說話代表暫時不會有事，不過顯然不是可以和敵人正面拚鬥的狀態。

「看妳好像很痛苦嘛。要是覺得贏不了歲月，何不乾脆老實離開宿主？妳應該也不想和不認識的少女一起死吧？」

「……別讓老身多費口舌解釋理所當然的事情。這女孩的身體已經到了極限，只要老身離開，肯定撐不到五分鐘就會昏迷過去。」

持斧羅摩焦躁地抹去嘴邊的血。

然而十六夜得知她的想法後，反而露出大膽的笑容。

「哦？總而言之，妳有想幫助宿主的意願嘍？」

「……哼，你這傢伙一定經常被批評個性惡劣吧？」

十六夜認定持斧羅摩的諷刺是對提問的肯定回答。

「好，那麼我和妳的勝負就以後再說吧。我有事想問妳，而且也知道有可能幫助妳宿主的人物。」

「哦？你這傢伙認識能夠抑制『Astra』失控的術師？」

「Astra？——噢，妳是指『星辰粒子體（Astral Nano Machine）』嗎？」

十六夜把頗哩提給他的種子遞給持斧羅摩，然後擋在她的前方。

「這種子會指示出該走的路，妳知道怎麼用吧？」

「……呵呵，沒想到老身事到如今卻必須仰賴神明的引導。」

「別囉唆了，快點帶著原住民逃吧。要是一直廢話下去——來了！」

疾風穿過森林。十六夜之所以能夠察覺那不是風而是絲絃般的不透明細線，是因為他事先得知敵人的武器是絲線。

細到無法用肉眼捕捉的不透明細線在空中飛舞，十六夜卻伸手讓線纏到手上並全部抓住。

旁觀的持斧羅摩覺得自己似乎看到十六夜手指被切斷的那瞬間，不過幸好他的手指還安然連在手上。

持斧羅摩憶起十六夜的身體能抵抗所有切斷和斬擊，心中猶豫立刻消失。

「好吧……這裡就交給你了！」

「包在我身上！像這種不懂禮儀的三流──由我在這裡收拾！」

他使出全力把細線拉向自己，術師卻主動把線切斷。用右腳作為軸心轉了一圈避免倒下後，沒有失去平衡的十六夜一直線往前衝。

如果敵人的武器只有細線確實不足為懼，不過若有藏著其他招數可就麻煩了。選項只有慎重行事和一口氣擊潰對方的話，當然選擇後者才是十六夜的風格。

他發現有人影從身後的上方跳出，立刻展開追擊。

每當沿著樹木縫隙跳躍移動的人影揮動手指，下一秒就會揚起疾風砍斷樹木。

然而所有斬擊對十六夜都沒有效果，對方的行動只會讓視野變得開闊。

無法從先前攻擊學到教訓的行為是因為敵人只有這種程度嗎？

或者──對方另有目的？

十六夜提高警覺，一邊閃避看不見的細線，同時推測對方的想法。

（只要沒有塗毒，光是讓細線碰到我並沒有意義。雖然這些線確實很鋒利，但是切斷對我無效……所以對方果然是另有目的嗎？）

如果敵人故意在眼前把樹砍斷是想要讓人誤以為線的用途是「切斷」呢？況且基本上，「絲線」並不是用來切斷東西的道具。

（如果是我自己用絲線來戰鬥……會用來抓住對手……或是綁住……要不然就是勒住……糟，就是這樣！被勒住可就不妙——！）

十六夜反射性地把右手伸向脖子。

下一瞬間，開始有高速繞圈的大量細線纏上他的脖子。雖然十六夜驚險地把右手手指及時卡了進來，然而纏住脖子的細線和先前顯然是不同材質。

就算使勁拉扯，這些線也完全沒出現會被拉斷的反應。

十六夜察覺這才是對手真正的武器，但是敵人的動作更快。

對方以甩釣竿般的動作把被細線捆住的十六夜往空中拋，然後狠狠砸向地面。重複三次後，接著更進一步追擊，開始以高速把他往前拖行。

十六夜想揮動左拳刺進土裡，卻連左手也被立刻纏住。

（這傢伙……知道獅子座的弱點嗎……！）

成為獅子座恩惠原型的獅子雖然擁有刀槍不入的強韌肉體，然而傳說中卻記載牠最後是被赫拉克勒斯勒住脖子而喪命。因此，以勒死或毆打致死為目的的攻擊會比平常更容易在十六夜身上留下傷痕。

正是因為這樣，牛魔王和持斧羅摩那種毆打式的攻擊才會對他造成比較嚴重的影響。

然而十六夜的舉止幾乎不曾透露出這種傾向，以前的擁有者也從未表現出類似的態度。

如此一來，自然能鎖定出這個敵人的真面目。

「我說你……出身希臘，而且還認識赫拉克勒斯吧！」

「嗚——！」

細線因為對方的動搖而有點鬆動。雖然脖子部分沒能解開，不過成功掙脫左手的十六夜揮拳打向大地，強制敵人停止移動。

不愧是真正使用的武器，看樣子對方這次無法說切斷就切斷。

十六夜看準這一點，把細線拉過來用腳踩住。

「好啦，這下你連我的脖子也沒辦法攻擊了。快點乖乖現身，那樣的話只要挨我一拳再去向所有原住民磕頭道歉就放你一馬！」

他展現出自己的優勢並要求對方投降。脖子和右手依舊被纏住的現狀很難算是絕對的優勢，不過只要對方不想切斷細線，就只能比誰的力氣大。

對十六夜來說，要壓制這個敵人應該並不困難。

不過前提是對方沒有其他隱藏手段。

結果敵人卻乾脆得讓人驚訝，沒過多少時間就直接投降。

「……唉，傷腦筋，居然這麼快就被推定出身分。看來你講話雖然粗暴，不過果然是那孩子的兒子呢。」

「啥？」

「我意思是你贏了，逆迴十六夜。畢竟憑我現在手頭有的東西似乎不可能打倒你，所以我們先來聊一聊吧。」

細線鬆開束縛，刮著大地逃離十六夜腳邊。

從草叢後現身的人是一個看起來和十六夜差不多歲數的文雅男性。右手恢復自由的十六夜總之先確認狀況已經回到原點，然後才觀察起那個男子。

根據站姿，對方似乎不是武功高手，但也不像是十六夜這種會採用蠻橫戰法的類型。

如果硬要舉例，他的氣質比較接近十六夜這幾年碰過的「魔法師」等人類中的幻獸種，不過那些人展現出的氛圍更加神祕。

眼前的文雅男子——看起來真的只是一個**普通**的文雅男子。

「……什麼啊，你真的是先前跟我戰鬥過的人嗎？」

「那當然。別看我這副外表，以前可相當厲害喔。不過在弟子出師時把自己所有的力量也傳給了對方，所以現在正如你所見，只是個微不足道的半神半人（Hybrid）高位生命。」

實在傷腦筋啊……文雅男子一臉困擾地搔著後腦。

十六夜沒有放下戒心，瞇起眼睛繼續說道：

「哦……那麼，你為什麼要襲擊原住民的聚落？主權戰爭的開幕時間還沒到吧？」

「那只是偶然。傷害到聚落居民是我們的過失，我在此道歉。雖然有點丟臉，要我跪下磕頭也是可以照辦，畢竟是我們有錯。但是……只有那個人，我希望你能把她交給我。」

文雅男子收起困擾，換上認真表情。

「持斧羅摩……武與不義的廢滅者。我不清楚她顯現於外界的理由，而且還完全沒有頭緒。因為她在新時代顯現不該是為了廢滅武與不義，而是要為了培育出新時代的英雄。」

十六夜挑起一邊眉毛。關於這件事，他也感到不解。

第六化身持斧羅摩在過去是為了誅殺王族和戰士階級（剎帝利）而被派出。然而那是過去的使命，她在新時代會被賦予其他職責。

鍛鍊並培育會在新時代降世的「Avatāra」最後化身——拯救世界的救世主才是持斧羅摩應當負起的使命。

「真是的，為什麼會演變成這樣呢？因為她鬧了一陣，外界陷入有點困擾的狀態。我們現在就需要她的肉體。」

「……你說外界？而且需要她的**肉體**？」

「沒錯，被她當成宿主的女性是少數適合『Astra』的肉體，我不知道她能不能替換。萬一失去那個肉體，根本無法預測會發生什麼事。」

十六夜以懷疑表情望著文雅男子。對方的臉上掛著不可靠的笑容，聲調裡卻帶有力量。看來他並不是因為一時的異想天開而追捕持斧羅摩。

然而就算擁有十六夜的智力，對文雅男子的發言卻是連一半都無法理解，顯然還缺少推理所需的碎片。

「Astra」——之前持斧羅摩也提過這個詞語，這就是不足的碎片嗎？

「……Astra，拉丁語裡是星、新星的意思，梵語裡是武器的意思，你是指這個『Astra』？」

「沒錯，逆廻十六夜。你被召喚到箱庭之後，也有可能已經接觸過『Astra』的一小部分……噢，不對，你曾和小黑一起支撐『No Name』。那麼你應該也有在近距離直接看過那孩子的長槍吧？」

十六夜腦裡第一個聯想到的東西也是那把長槍……不，是這男子稱呼黑兔為「小黑」的行為先讓他受到衝擊，不過這件事情要暫時放一邊去。

黑兔借給自己的神槍——「模擬神格・梵釋槍（Brahmaastra Replica）」中確實含有「Astra」這個詞語。

「追本溯源來說，『Brahmaastra』是『宇宙真理（Brahma）』和『武器（Astra）』的複合詞。這個詞語也被視為印度神話眾英傑們作為祕中之祕而鍛鍊到爐火純青的武技之原型。印度神話的英傑們在使用祕中之祕時必定會誦出『Astra』，正是受到原型留下來的影響。」

武技第一個到達神域的人類——身為武術之祖的持斧羅摩把最高神授予的招式傳授給弟子們，而後世繼承的英傑們讓這個武技進化到更高境界。

從武技的傳遞和傳承來看，這可以說是理想的形式吧。

或許持斧羅摩在施展祕中之祕時誦出「Brahma Astra Origin」的行為，是在表示自己使用了尚未加工的奧義。

「你肯定還接觸過其他的『Astra』。例如讓第三點空間跳躍得以實現的『境界門（Astral Gate）』、基於梵我同一思想來釋放的神槍『Brahma Astra』。據說這些全都是為了『讓人類迴避終極滅亡』的必要技術。」

「……哦？你的意思是焰在研究的『Astral Nano Machine』也包括在內？」

「對，反而可以說那個研究正是一切的關鍵。從地獄之窯……星之大鍋中出現的拯救人類之關鍵；能放出架空粒子乙太（Ether）顯現時的必要多元動量的最高效率能源粒子；也是第三類永動機。那就是你們的父親發現的『Astral Nano Machine』。」

露出銳利眼神的十六夜仔細斟酌男子的發言。

一切的關鍵——他覺得這確實是絕佳的講法。

在諸神的箱庭裡曾經多次被提起的「新時代」恐怕就是指運用人工粒子引發的最大級「歷史轉換期（Paradigm Shift）」——「由第三類永動機促成的能源革命」吧。

第一次能源革命時，人類初次懂得用火。

第二次能源革命時，人類獲得讓熱和鐵與力互相取代的方法。

第三次能源革命時，人類掌握了光和破壞與可能性。

人類為了身為人類而不可或缺的「歷史轉換期」。

那就是「能源革命」這個刻劃在人類歷史上的匯聚點。

恐怕這個「星辰粒子體（Astral Nano Machine）」的開發將會成為人類最後的能源革命並不斷留下紀錄吧。畢竟能運用的量和過去實在相差太大，能擴展的可能性也完全不同規模。

這力量或許會讓人類有機會觸及過去絕對無法到達的可能性。

據說這個研究甚至還能成為讓人類飛向宇宙的基礎，或是有可能促使人類採用新的曆法。

然而面對如此龐大的可能性，十六夜依然有無論如何都無法信服的部分。

「……我不懂。那確實是很厲害的力量，也是充滿浪漫的大事業，甚至能讓我願意待在外界悠哉度日直到親眼確認這件事的將來發展——不過正因為如此，我有話要問你，詩人俄爾甫斯。」

被喚作俄爾甫斯的男子並沒有表現出驚訝態度，只是點點頭回應。

雖然他被稱為古希臘神話的英雄之一，不過在箱庭反而是其他傳說比較有名。十六夜也從黑兔他們那裡聽說過這男子的事蹟。

據說他是反烏托邦戰爭的英雄。

據說他是Arcadia大聯盟的創始者之一。

據說——他是金絲雀的老師，也是養育者之一。

「克洛亞那傢伙明明說過會解釋一切，結果卻突然消失。我當時非常憤怒，不過現在完全不想責備他。因為那傢伙是由祈求黑人奴隸能獲得解放的願望形成，怎麼可能對這件事視而不見。」

「……是啊，克洛亞，那個燕尾服的賢神想必會挺身而出。他會比任何人都早一步展開行動，並且開始尋找吧。為了被當成實驗體消費的那些人，尋找盡可能救出他們的可能性。」

燕尾服的死神，克洛亞．巴隆。

在這名死神的粗鄙笑容之下，對自由燃燒著比任何人都強烈的熱情。

眼前的男子正確地形容了他的本質。俄爾甫斯主張自己並沒有忘記和過去一起對抗巨大魔王的戰友同志之間的緊密情誼。

既然如此，對於十六夜提出的下一個問題，俄爾甫斯的回答也值得相信。

「────」

十六夜帶著緊張表情調整呼吸。先前聽到的情報中，存在著明確的矛盾點。

俄爾甫斯聲稱「Astra」是拯救人類的武器。

然而「星辰粒子體造成的能源革命」有可能導致人類滅亡這點應該會成為最基本的問題。因此十六夜等人在三年前，才會被迫必須和那個等於正是「毀滅可能性」的惡性大魔王戰鬥。

不過既然是那麼危險的研究，想必也有不把粒子體技術交到人類手上的選項。畢竟成為核心的東西並不是人工物而是被造物。

既然是自然界和眾神創造出來的被造物，當然也能夠選擇不交給人類的方法吧。或者是可以評估時機，從諸神的角度來調整交給人類的時期。

……可是，結果卻沒能那樣做。

而且，俄爾甫斯剛才把「地獄之窯」改稱為「星之大鍋」。雖然他只是隨口帶過，卻可以藉此判斷這兩者是相同的東西。不知道這是基於他本身意志給出的提示，或者只是一時說溜了嘴。然而十六夜對這個詞語還有印象。

三年前——和「絕對惡」魔王戰鬥時，有人曾經這樣形容。

——地獄之窯被打開了。

那並非比喻。

沒錯，那是**窯**，是**大鍋**。

曾經封印住大魔王的地獄大鍋並非比喻。地獄之窯、星之大鍋在外界也確實存在。

如果把魔王復活的一連串發展也視為暗示人類未來的重要因素。

那麼在「絕對惡」的魔王誕生之前，應該會有一個重大危機襲擊人類。

「——」

遠方傳來精靈列車的響亮汽笛聲。

精靈列車讓自己的吼聲傳遍這塊大陸，用來取代宣布太陽主權戰爭開幕的鐘聲。接著，列車下方是四散飛舞的羊皮紙「契約文件」。

從十六夜他們頭上通過的那聲汽笛代表所有遊戲就此開始。

——好，這次終於湊齊所有碎片了。

現在就開始述說——最新時代的神話序章吧。

幕間

Last Embryo

——稍微回溯一點時間。

從遭到超獸襲擊的碼頭往南不遠處有一處海灣，兩名美麗的少女藏身於此。她們正和樂融融地梳理頭髮，會讓人誤認成金絲的美麗長髮隨風飄逸。

如果兩人不是坐在超獸身上，肯定美得像一幅畫吧。

「嘻嘻，不愧是阿爾戈船隊。比起預定費了更多工夫呢，蕾蒂西亞姨母大人。」

「……是啊，拉彌亞。」

坐在超獸巨大身軀上的主人——金髮少女露出一絲淺笑，紅玉般的眼眸綻放出光彩。

那是一個外表年幼的金髮少女，而她身邊被喚作蕾蒂西亞的女性則是雙手環胸，一臉苦悶表情。

看到被擊碎的船隊流進海灣裡，兩人以完全相反的態度望著那些殘骸。

只要觀察她們的外表，兩人的種族可說是一目了然。

受到陽光照耀的金髮宛如高雅金絲般既柔順又強韌，彷彿鮮血融成的紅玉眼眸完全能比喻成至高的寶石。

她們是吸血鬼的純血種——而且背後還顯現出只有王族能繼承的龍之遺影。背對著陽光往下看的少女發出銀鈴般的笑聲。

稚氣卻顯得俏麗的吸血姬——名叫拉彌亞的少女臉上是優雅又愉快的笑容。

美貌中帶有夢幻的吸血鬼——名叫蕾蒂西亞的女性臉上是慚愧與苦悶的表情。

然而沒有人會認為眼前的慘狀是由吸血鬼造成。

因為居住在諸神箱庭裡的吸血鬼是被稱為「箱庭騎士」的秩序守護者。

箱庭的大帷幕是為了懼怕太陽光的種族而鋪設的加護，需要這加護的種族則成為守護箱庭秩序的基礎。因此就算碰上吸血鬼，大概也不會有人警戒吧。

兩名吸血鬼望著陷入火海的「阿爾戈英雄」船隊。

這時，卻有人從燃燒的「阿爾戈號」裡對她們搭話。

「……這是怎麼回事，連妳也背叛了『大聯盟嗎，蕾蒂西亞？」

聽到這壓抑著悲憤的聲調，蕾蒂西亞帶著滿心驚訝抬起頭。

腳步聲沿著岸邊逐漸靠近，強壯的戰士很快現出身影。

他甩著一頭幾乎及地的亞麻色頭髮，還擁有一副會讓人聯想到獅子的外貌。

被搭話的蕾蒂西亞瞪著男子，美麗臉孔上是扭曲的表情。

從這個表情看來，和對方碰面雖然是意料之中，卻是她盡可能想避免的事情。

站在旁邊的拉彌亞因為完全不被對方看在眼裡而不滿地嘟起嘴。

「蕾蒂西亞姨母大人，那男人是誰？您認識的人？」

「嗯，認識很久了。」

「是嗎，那就殺了他吧。」

拉彌亞舉起塗著紅色指甲油的手，把頭髮往上撥。

呈扇狀散開的金髮閃爍出光芒，和飄動髮絲同數的裂痕隨即撕開大氣竄出。連阿爾戈號甲板上鋪設的「金剛鐵（Adamantium）」都能輕易切開的裂痕全數襲向男子。

看到密密麻麻讓人幾乎無處閃躲的利刃往自己落下——男子直接站在原地承受。

「……唔。」

發現敵人並未受傷的拉彌亞不快地皺起眉頭。明明受到幾百道大氣裂痕攻擊，男子卻毫髮無傷。

拉彌亞打算繼續攻擊，蕾蒂西亞卻靜靜阻止了她。

「沒用的，拉彌亞。這種不上不下的攻擊對那個人無效。」

「……？可是他看起來不像是神靈啊？」

「嗯，但是妳要把他當成比半吊子神靈還難對付的敵人。畢竟他是希臘神群最強的戰士——妳也聽說過吧？大父神宙斯之子『赫拉克勒斯』的名號。」

聽到這名字後，拉彌亞忍不住看了戰士兩次。

「『十誡考驗』的主辦者，半神赫拉克勒斯……！是希臘神群最強的戰士，還和姨母大人您一樣，是反烏托邦（Dystopia）戰爭的勇者之一……！」

敵托邦魔王（Dystopia）——箱庭中沒有人不知道這個名字。

那是被賦予「極西魔王（Far west）」、「人類最終觀察者（Last observer）」、「噬神者（God eater）」等王號的最強魔王之一。

很久以前，被劃分為東西南北的箱庭世界有一個區域遭到大魔王支配，也因此導致諸神的箱庭和人類的外界都陷入絕境。

據說在這場把箱庭一分為二的戰爭裡，不只諸神，還有詩人俄爾甫斯、導師斯卡哈、黃帝、教王阿托利斯（Artorius）等眾多英雄豪傑也紛紛參戰。

然而赫拉克勒斯卻搖了搖頭，表示自己並非當事者。

「這說法有誤，我並沒有參加反烏托邦戰爭。雖然以前輩之一的身分播下了新的可能性種子……不，基本上像我這樣的過去遺物根本無法戰勝『人類最終考驗（Last Embryo）』，就算參戰也**沒有意義**。」

「……？唔唔？」

拉彌亞不解地歪了歪頭。

蕾蒂西亞只是閉著眼睛靜靜旁聽，但是對於不曾經歷過反烏托邦戰爭的拉彌亞來說，這些話大概是她無法理解的發言。

被喚作赫拉克勒斯的男子看了拉彌亞一眼，眼中浮現悲傷色彩。

「比起這事……蕾蒂西亞，這女孩難道是……」

「……嗯，是我妹妹的女兒。」

「這樣啊。那麼我身為友人應該要送上祝賀，因為妳達成了生平大願其中之一——恭喜妳，吾友，妳終於成功拯救了一個生命與願望。」

和強壯外表完全不搭的平穩笑容實在出人意表。

蕾蒂西亞原本整個愣住，但是受到這爽朗笑容的影響，最後也忍不住回以苦笑。

「雖然並不是我親手救出……不過還是鄭重收下你的祝賀吧。話說回來，你跟以前一樣我行我素呢，赫拉克勒斯。」

「……？是嗎？」

「是啊。在這種狀況下，應該有其他更該說的話吧？真沒想到會先聽到祝賀而不是咒罵，一般來說根本不會產生這種念頭。」

聽到蕾蒂西亞的指責，赫拉克勒斯歪了歪腦袋。

這行動和純樸的眼神是在間接表示他本人認為應當沒有比祝賀更優先的事情。這個人與其說是我行我素，反而更像是天生少根筋。

快要跟不上話題的拉彌亞這時才猛然回神，介入兩人的對話。

「那……那種事不重要！總之不管怎麼樣，能和主權戰爭的優勝熱門人選交手是讓人高興的不測事態！我聽詹姆士說過赫拉克勒斯是在『Arcadia』大聯盟解散時不知去向，這下我們可要拿到意料外的伴手禮了。」

此話一出，赫拉克勒斯態度大變，帶著震驚和憤怒瞪向吸血姬。

這反應並非來自船隊遭到毀滅的怒火。

而是因為這個黃金的吸血姬講出「No Name」原本擁有的名字。

對於這個事實，他全身都漲滿怒氣。

「那是我要說的話，吸血姬。只限所有權之持有者，才有資格說出『　』大聯盟失去的那個名字。所以妳的行為只代表一個意義。」

「Arcadia」大聯盟——過去曾經席捲整個箱庭的最大級聯盟共同體。

為了討伐敵托邦魔王而成立的這個大聯盟在六年前遭到神祕魔王襲擊而被迫解散，現在被蔑稱為「No Name」。雖然在三年前的戰鬥中取回了旗幟和名聲，然而還未能奪回真名。

赫拉克勒斯身上湧出先前完全沒有展現出來的鬥志，瞪著拉彌亞。

「小女孩，難道妳持有『　』大聯盟的名稱嗎？」

「這個嘛，實際上如何呢？不管答案是什麼，對即將死去的人都是沒有用的情報。」

帶著微笑將影子纏繞在身的拉彌亞也擺出備戰態勢。

在精靈列車到達前，要互相殘殺是可能辦到的事情。只有現在能靠力量強奪主權。

看拉彌亞那種已經一切免談的態度，赫拉克勒斯的表情也染上敵意。

「從『　　』大聯盟沉淪為『無名（No Name）』的那一天起……我接受白夜王的委託，一直在偵察你們的動向。因為我等的弟子……我們的女兒金絲雀居然會敗在無名的魔王手下，是一件讓人根本無法想像的事態。」

「No Name」前身打倒的敵托邦魔王就是如此強大的魔王。

然而被譽為最新的詩人兼最強遊戲掌控者的金絲雀與「Arcadia」大聯盟卻是在一個晚上……短短的一個晚上就遭到毀滅。

「我查過千里眼（拉普拉斯）、第三點觀測（阿克夏記錄）、甚至還鑑別了星辰積聚測量（Disaster Report），還是不清楚那天晚上究竟發生了什麼事……但是終於，我終於逮到了你們的尾巴，『Ouroboros』。」

「哎呀，你還真是繞了好大一圈遠路呢。你知道『Ouroboros』的前任從三年前就已經在下層再度開始活動了嗎？」

拉彌亞優雅地把頭髮往上撥，露出從容的笑容。

三年前的「階層支配者」襲擊事件——在「煌焰之都」發生的大戰爭是由「Ouroboros」挑起戰端，這件事非常有名。雖然參戰的馬克士威魔王和混世魔王被確認已經死亡，然而關於該共同體的實際情況，大概也已經人盡皆知。

然而赫拉克勒斯卻搖頭表示不是那樣。

「我要找的不是基層的現場部隊。而是要找出策劃『　　』大聯盟崩壞的那一夜，在『Ouroboros』裡擔負中樞的人，也就是……**叛徒**。」

拉彌亞到此第一次收起笑容。

同時，赫拉克勒斯瞪向蕾蒂西亞。

「蕾蒂西亞，偉大的龍騎士(Drăculea)，就是妳嗎？妳是叛徒嗎？——或者，**妳也是**嗎？」

「嗚……」

被問到的蕾蒂西亞似乎很苦悶地轉開視線。

看到蕾蒂西亞如此悲痛，拉彌亞惡狠狠地瞪著赫拉克勒斯，一頭黃金長髮隨著怒氣顫動。

「你哪有資格指責姨母大人是叛徒……！好啊，就這樣吧！原本只要你肯乖乖交出太陽主權，我還打算放你一條生路，但此等冒犯行徑實在罪該萬死！」

浪濤翻滾，有巨大的物體開始從海底浮上。

依舊赤手空拳的赫拉克勒斯擺出架勢準備應戰。

在這種一觸即發的氣氛中，響起制止他們的聲音。

「等一下等一下等一下，你給我等等，赫拉克勒斯！你還是老樣子，真是個把場面搞砸的天才！」

大量細線介入兩者之間形成一堵牆。

隨後一名文雅男子跳下來站到赫拉克勒斯身邊。

先前還充滿敵意的赫拉克勒斯又換了個態度，驚訝得瞪大眼睛。

「……俄爾甫斯？你是俄爾甫斯嗎？這麼年輕的肉體是怎麼回事？」

「哈哈，這個提問也太偏離狀況了。你還是老樣子，總是那麼順從自己的疑問，明明有其他更該問清楚的事情吧？」

「————……？」

「好！是我的錯！我忘了你是那種必須把問題一個個解開才能信服的人！我會裝年輕是因為主權戰爭的參加資格有規定肉體年齡必須夠低！」

如何，懂了吧！聽到俄爾甫斯有點自暴自棄的大叫，赫拉克勒斯重重點頭回應。

「然後關於叛徒的事情……蕾蒂西亞是在不久之前才加入**我們這邊**。至於理由，我要動用緘默權。」

「……是嗎，那麼叛徒果然是你嗎，俄爾甫斯？」

赫拉克勒斯把憤怒矛頭從蕾蒂西亞她們身上轉向俄爾甫斯。但是他似乎並不覺得意外，想必赫拉克勒斯自己查到的叛徒就是俄爾甫斯吧。

在漲滿全身的怒火驅使之下，赫拉克勒斯往前踏了一步。

俄爾甫斯也露出認真表情，不過先伸出右手制止赫拉克勒斯。

「等一下，聽我說明。」

「我拒絕。你這傢伙作為同伴時確實可靠，但是我也非常清楚你成為敵人時會有多難對付。更何況我沒興趣聽叛徒說廢話，你還是乖乖束手就擒吧。」

空間發出遭到擠壓的聲響。赫拉克勒斯光是表現出激憤態度就讓空氣扭曲，大地也開始傳出哀嗚。

希臘神群最強的戰士——能在一個神群立於巔峰之人，其力量絕不會是半吊子。因為那正是讓他們在一個世界裡得以被冠上最強之名的證明。

赫拉克勒斯的力量在榮冠當中也是出類拔萃，已經失去詩人力量的俄爾甫斯充其量只是會被他輕易打飛的對手。

「……你的意思是不想聽我說明嗎？」

「沒錯。」

「即使是為了解救箱庭和外界雙方危機的事情也不願意聽？」

「閉嘴。只有在你迎接臨終之際，我才有可能相信你說的話。因為就算是叛徒，在自己即將失去一切的那瞬間，吐出的話語也不會再涉及奸計。」

赫拉克勒斯一步又一步地縮短彼此距離。

然而俄爾甫斯沒有後退。他閉上眼睛，靜靜斟酌赫拉克勒斯的發言。

「……是嗎？在我臨終之際，生命火焰即將消逝的那瞬間，你就願意聽我說明嗎？」

既然這樣也沒有其他辦法。俄爾甫斯搶在赫拉克勒斯走過來之前主動靠近，然後張開雙手。

「那麼——你立刻**在此地**殺了我吧。」

「什麼？」

這句出其不意的發言讓赫拉克勒斯停下腳步。俄爾甫斯把掛在腰間的銀色豎琴丟到海邊，以毫無防備的狀態站在赫拉克勒斯面前。

如此一來，現在的俄爾甫斯已經無法應戰也無法逃離。

他氣勢逼人地瞪著赫拉克勒斯，以充滿力量的眼神和聲調大叫。

「有什麼好驚訝？是你自己表示願意相信我死前的發言吧？我是詩人，編文撰辭之人。如果能讓自己的聲音傳達給你，傳達給觀眾，我很樂意獻出生命。」

「嗚……！」

「好了，動手吧，**在此地殺了我**！然後好好傾聽和我的臨終慘叫一起說出的真相吧！如果用性命作為代價就能讓大英傑赫拉克勒斯傾聽自己的發言，那麼我樂意為之！藉由詩人俄爾甫斯演奏出的最後樂曲——我要把真誠之聲送進你的胸中！」

面對這認真的氣勢，赫拉克勒斯不由得稍稍後退。因為他認識的俄爾甫斯並不是會表現出如此激烈感情的人。

依舊不明白到底是什麼可以讓對方做到這種地步的赫拉克勒斯回瞪俄爾甫斯。

「你說什麼蠢話……！堂堂的詩人俄爾甫斯居然只為了讓人聆聽自己的詩歌就願意賭上性命嗎！」

「沒錯！對於我等來說，言語正是劍、正是長槍、正是弓，也是自尊！既然我等詩人只抱著『期望自我之聲能傳達出去』的信念來面對戰鬥，自然也是隨時都把性命賭在自己的詩歌之上！」

對於這樣的俄爾甫斯，赫拉克勒斯卻不屑地表示只有遺言才願意聽。

或許赫拉克勒斯自以為這樣就可以避免和俄爾甫斯較量口舌，實際上卻正好相反。對於總是賭命傳達出話語的詩人來說，這是最難以忍受的挑釁。

「我的朋友，我並不是一時異想天開才說出這種話──**沒有時間了**。現在已經發生最壞的異常狀況，甚至逼得身為叛徒的我必須像這樣來懇求遭到背叛的你。我剛剛才去說服完金絲雀的兒子，還不知道他究竟會怎麼做。但是我想把所有能採取的措施都先安排好……不，是無論如何都必須安排好。」

所以拜託你聽我說吧……俄爾甫斯低下頭。

赫拉克勒斯依舊握著拳頭沒有動作。這男子確實是叛徒，可是他身為人的本質看起來並不像是已經改變。

和踏上追尋黃金羊之旅那時相同，也和對抗魔王那時相同。過去的日子已經被拋向遠方，然而從俄爾甫斯身上還是可以感覺到一如既往的人性。

（……但是……這並不影響俄爾甫斯身為叛徒的事實……！）

赫拉克勒斯慢慢舉起緊握的拳頭。要是自己沒有在此處制裁這個男人，對於那些淪為

「無名（No Name）」的同志們，他們的憤怒要由誰來宣洩？又該以何種形式才能讓他們獲得回報？

雖說這三年來共同體已經聲名大噪也東山再起，然而他們應該經歷了非比尋常的辛勞，被迫面對不必要的許多考驗並因此負傷的情況想必也所在多有。

更不用說——把俄爾甫斯視為老師仰慕的金絲雀到底是懷著何種想法離世？

「……你說你和金絲雀養育的少年談過了吧？那麼聽完你的解釋，對方有什麼反應？」

「他說要去確認真相然後就跑走了。我原本已經做好會被他當場殺掉的心理準備，不過他似乎對我的小命沒有興趣。」

「是嗎，既然有權利奪走你性命的少年都講了那種話，那麼我也暫時收起拳頭吧。」

赫拉克勒斯緩緩放下舉高的拳頭。

雖然傳說中記載赫拉克勒斯是個直爽又容易激動的人，但是他還是帶著怒氣收起拳頭。關於俄爾甫斯的發言到底有多少價值，現在只能據此推測。

「俄爾甫斯，在聽你說明之前，我想先確認一件事。」

「什麼事？」

「你的背叛行動發生在聯盟崩壞**之前**，還是**之後**？」

俄爾甫斯有點動搖地轉開視線。這是他刻意不提起的部分，因為覺得就算說出來作為藉口也不會減輕罪業所以又吞回自己肚裡的部分。

在旁聆聽雙方一連串對話的蕾蒂西亞立刻伸出援手。

「這個文雅男人是在聯盟崩壞後才背叛，這點我可以保證。更何況這個傢伙狂戀妻子成痴，怎麼可能拋下妻子背叛聯盟呢？」

「蕾……蕾蒂西亞，妳信賴我的根據是不是有點扭曲？」

完全沒有……蕾蒂西亞如此斷言。

聽了這句話，赫拉克勒斯露出溫柔微笑，像是心中罣礙總算化解。

「是嗎……太好了──**真的**太好了。」

他打從心底鬆了口氣，笑容也隨著安心展現。就算他身為大英傑，因為懷疑長年老友而造成的罪惡感一直壓在胸口也是很痛苦的事情吧。

看到赫拉克勒斯臉上這種活像是獅子之類的大型野獸終於放下戒心，可以形容成天真也可以說是純真的溫柔笑容，反而換成俄爾甫斯感到尷尬。

「……哈哈，你這笑容真的很奸詐！所以說拉丁系美男子果然很危險！」

「危險嗎？」

「當然危險！就是因為你們老是像這樣非刻意又不挑對象地到處激起母性本能，所以你們父子的被害者才會……這件事以後再說吧，真的沒有時間了。」

現在不是確認雙方友情的時候，而且還有回顧起來會引起戰爭的話題。

至今一直旁觀的拉彌亞以有點賭氣的態度開口：

「哼，俄爾甫斯你想說明是無所謂，不過一旦那樣做，就等於同時是在逼迫他也必須決定要不要加入我等『Ouroboros』。我說你啊，有理解這是什麼意思嗎？」

「這個嘛，實際上如何呢？畢竟俄爾甫斯的遺言是希望我先聽他說明。」

「咦？我以為已經決定不殺我了耶？」

「沒那回事，也沒有決定遺言就可以獲得原諒。畢竟已經不是詩人的俄爾甫斯只能算是二流的中堅英傑，甚至更低層次。那種傢伙的遺言沒有那麼高的價值。」

「再講下去就算是我也會覺得受傷！而且我從來沒受過這種對待，不知道該怎麼反應！」

「你就乖乖忍耐吧，這是背叛的罪與罰。」

「說是背叛的罪與罰好像太隨便了吧！」

俄爾甫斯用手撐著額頭，哀嘆自己現今的處境。

看來不論是在哪個世界，已經不歌唱也不撰寫的詩人都會走上悲慘末路。

嗯哼！咳了一聲重新聚集眾人目光的拉彌亞站了起來，把手放在胸前說道：

「算了，就這樣吧。因為只要聽完我們的說明，你肯定也會主動願意加入『Ouroboros』

——不，『Ouroboros』**第三聯合**。」

「第三聯合？」

「給你看實物會比較快，你看一下這面聯盟旗。」

他們攤開「Ouroboros」的聯盟旗，赫拉克勒斯也曾看過這面旗幟。

描繪代表永遠、圓環、無限等含義的「銜尾蛇（Ouroboros）」時，通常一定會畫成「吞食自己尾巴的蛇」。

然而「Ouroboros」卻在聯盟旗上畫了「三隻互相吞食彼此尾巴的龍」。

「三隻龍……這是顯示聯盟內部結構的記號嗎？」

「沒錯，『Ouroboros』是巨大的聯盟，為了統括眾人，細分成三個聯合並形成共同體。」

「我和拉彌亞負責的是在最前線戰鬥的第三聯合。三年前是被稱為殿下的少年，現在則是由拉彌亞來擔任盟主。至於到現今為止的戰鬥中，只有馬克士威魔王是出身於作為主力的第一、第二聯合的成員。」

「姨母大人姨母大人，我本來也是第二聯合喔。只是第三聯合的盟主必須從第二聯合選出是共同體的規矩，所以其實我也很了不起！」

欸嘿！拉彌亞得意地挺起胸膛。

赫拉克勒斯稍微皺起眉頭。

「那麼，救出這女孩的人……？」

「雖然我不確定用『救出』來形容是否妥當，不過確實是『Ouroboros』所為。幾個月前有一個自稱 Mr. 詹姆士的人通知我這個事實，因此我才會在這裡。」

「姨母大人雖然討厭詹姆士，但他是優秀的紳士，我可以保證！因為他答應過我會去妥善安排，讓我們和母親大人將來可以三個人一起生活！」

拉彌亞抓住蕾蒂西亞的手，開心地蹦蹦跳跳。

蕾蒂西亞臉上閃過陰影，不過立刻微笑點頭。

「……很抱歉沒跟『No Name』的大家說一聲就直接離開，但是我認為這是能掌握『Ouroboros』實際狀況的唯一機會。」

「我知道了，我相信妳。」

赫拉克勒斯給予簡短又有力的回答。他用視線告訴蕾蒂西亞不需多說，蕾蒂西亞也笑著回應。

「那麼關於正題……你說過『沒有時間』吧，那是什麼意思？『人類最終考驗』不是全都被打倒了嗎？」

赫拉克勒斯的疑問可說是理所當然。

俄爾甫斯宣稱不只是外界，連箱庭也已經陷入危機。然而這三年以來，箱庭應該從來不曾出現過那種等級的危機。

箱庭的風現在依舊安穩地在世界中巡遊，也沒聽說過有凶惡的魔王出現。

「……對，這次的問題不是魔王，只是單純的異常狀況。原本那只是會在歷史角落被悄悄蓋上的的悲劇，也是不為任何人所知的犧牲。然而卻在引起『能源革命』這種人類歷史匯聚點的前一個階段出現了異常狀況。」

俄爾甫斯以悲痛態度訴說。

那原本是只有身為金絲雀老師的他才有可能得知的一個悲劇與犧牲。

卻不知道是基於何種因果，誤入了這個箱庭世界。

「我想……一定會有悲傷的結局在等待著我們。不過這並不是『Ouroboros』怎麼樣或『Avatāra』怎麼樣的問題，而是更基本的問題。」

「……意思是那種一定要有哪個人去處理的事件嗎？」

「嗯。正因為如此，我……」

「不，由我來接手吧。你在這裡等著就好。」

赫拉克勒斯轉身背對俄爾甫斯，走到拉彌亞面前。

接著他跪了下來，以強而有力的語調發表宣言。

「希臘神群，大父神宙斯之子，半神赫拉克勒斯在此宣誓——願意加入『Ouroboros』第三聯合。」

在水平線的另一邊被晚霞逐漸染紅的時間。

沿著森林中的動物小徑撥開樹叢往前走的十六夜總算找到菩提樹，隨即跑向樹枝延伸出去的方位。

夜幕即將降臨，想在天黑之前先確認的事情多到堆積如山。

如果可能，十六夜很想和焰等人會合並問清楚狀況，但是恐怕來不及。

因為詩人俄爾甫斯那傢伙和他分開時曾留下這樣的話：

「我可以等到晚上，在那之前希望你能先做好心理準備。要是你下次還要出來礙事，我方會使出全力去追捕她們。」

（哼，居然叫我**做好心理準備**，還真是好心啊！）

十六夜咬牙切齒地咒罵對方。焦躁感不斷擴大，是因為那傢伙告知的「真相」一直盤據在心中不去。如果他說的真相是事實，那麼十六夜完全無計可施。

就算想要找人幫忙，最基本的問題卻是人類歷史上恐怕根本沒有能解決這事態的人物。既然在人類歷史上並不存在，這個箱庭裡當然也不會有那樣的人。

那麼是不是只能仰賴神明呢——這大概同樣是不可能有用的選項。因為眾神如果有辦法解決，想必很久以前就已經行動。

為了確認事實，十六夜在森林裡奔跑。

太陽開始下山時，他終於在菩提樹指示的方向隱約看到人類聚落的亮光。十六夜像是要一口氣衝出森林那般加快速度，前往那個地點。

衝出森林後，亮光突然變強。

被火把照亮的這個地方是位於巨大建築物入口前方的安靜城鎮。

「啊～可惡！總算到了。要是早知道會這樣，就應該跟頗哩提多拿幾顆種子。」

就算要探索，也因為周圍都是森林所以沒什麼有趣。

即使想拿精靈列車撒下的地圖和十六夜靠散步做成的地圖來相互對照，不確定目前所在地的話也是無濟於事。

十六夜攤開兩張地圖，一邊比較一邊加上註解。

這時，有個像是年輕女性的聲音對他搭話。

「我說你……是之前帶著少女的那傢伙吧？」

「嗯？是我沒錯，但妳是誰？」

「是我啊，之前我們有在森林裡交手過吧？因為沒戴面具所以認不出來嗎？」

女性手扠腰看起來不太高興。發現她是牛面具戰士之一的十六夜握起拳頭敲了一下手掌。

「噢，妳是那時候的牛面具嗎！沒想到妳這麼年輕，真是嚇了我一跳！」

「……根據情況，你這句話就算被人提出決鬥要求也是理所當然的結果。」

唉……牛面具女戰士似乎很傻眼地嘆了口氣。

「算了，我叫菈菈，擔任助理祭司。」

「助理祭司……在米諾斯文明裡算是相當高階吧？這地位是不是大概只比國王低個兩階？」

「要看情況。我在助理祭司中是最年輕的，而且我等的王並不在。你最好謹言慎行，不要胡說八道引起居民的反感。」

菈菈一邊轉向後方一邊對十六夜招手。

「正好，先前的女孩以及自稱你同伴的人在等你。跟我來。」

「……同伴？不是頗哩提嗎？」

「在太陽主權戰爭開始的同時，那位女神就回到精靈列車去了。看那樣子，她似乎不打算和主權戰爭扯上關係，而且還留下話說那女孩就拜託你了。」

真是個拜了也沒用的神明。

在這種想要找她問話的要緊時刻卻偏偏不在，似乎真的成了叫天天不應，叫地地不靈。

「那麼這棟建築物呢？我可以進去嗎？」

「抱歉，只有遊戲已有一定進展的人能進入我等的聖地，你還沒有資格……而且，你還是先去見同伴吧，他們似乎一直在等你過來。」

菈菈領著十六夜進入這個像是圍著這棟建築物建造而成的城鎮。

隨處可見成群白色房舍的街景是典型的希臘世界文明，居住在這個通風良好日照也充足的沿海城鎮想必相當舒適。

話雖如此，十六夜卻覺得不太對勁。

（……這裡只有構造相當簡易的建築物。）

如果形容成造型古典或許聽起來很有水準，不過只要考量到持久性和耐震度，這個城鎮的建築物只會得到粗製濫造這一句批評吧。

仔細觀察之後，會發現建築物本身似乎也很新。

有許多房舍沒多久前才重新整建。雖然整建造成的負擔應該沒那麼大，不過依舊可以直接看出這是趕工出來的成果。

這城鎮似乎也藏著什麼祕密。

十六夜在腦中一角記下這個事實，前往少女所在地。

來到一處被乾淨白色床單圍住的建築物後，卻是個出乎意料的人物來迎接他。

「……十六哥，你總算到了嗎？」

實在有夠慢……焰一邊清洗沾滿鮮血的雙手和手術刀，同時橫著眼責怪十六夜。這次吃了一驚的人是十六夜這邊，因為焰應該是在短短一小時之前才剛登上亞特蘭提斯大陸。

甚至根據精靈列車的下車順序，有可能只過了半小時。

「這麼晚到是我不好，但是你們也太快了吧？到底怎麼來的？」

「我們是動用『代理人權限』向女王借了力量。也就是拜託她使出空間跳躍，讓我們立刻來到此地。你也已經看過『契約文件』了吧？」

「噢，原來如此。說起來那上面的確有寫到。」

由主權戰爭的出資者們施展力量提供援助。用掉被賦予的五次權限之一後，焰他們得以瞬間來到這裡。

「權限總共只有五次，用掉一次的損失出乎意料的大。據說好像有什麼手段可以恢復消耗掉的部分，但目前詳細不明。以後想用手機聯絡也不是那麼簡單的事，因為訊號是靠著女王的力量才能接通。」

「意思是出資者不能輕易出借力量，從現在起是參賽者彼此競爭的舞台嗎？」

既然遊戲已經開始，不能隨便聯絡女王和釋天。首要之務是破解以亞特蘭提斯大陸為舞台的第一戰——話是這麼說。

還是有其他無論如何都必須先確認的事情。

十六夜橫著眼確認躺在旁邊床上痛苦喘氣的兩名白化症少女，直接詢問重點。

「焰，你該不會在這種地方動了手術吧？」

「因為這是緊急狀況啊。裝在兩人手腕上的B.D.A——血中粒子加速器（Blood accelerator）已經完全沾黏了，要拆下的話，只能連表皮一起割除。」

焰琅琅瑠瑠地洗完手術刀，幫兩人裝上放在旁邊的輸血袋。仔細一看，房間裡到處散落著醫療器材和小型的電子儀器。

「……這些道具是怎麼回事？你從哪裡弄來的？」

「這些都放在我的恩賜卡裡面，好像是釋天幫忙準備的。另外還有麻醉用具和小型太陽能發電機、比較地質用的機械，甚至連粒子抑制劑的試作品都有。」

明白消失的五億日幣被花到哪裡的焰帶著苦澀表情用力咬牙。

十六夜也一樣。

醫療器材也就算了，釋天居然連粒子抑制劑都有準備。會把這種東西放進恩賜卡裡的理由只有一個。

御門釋天——神王帝釋天早就預料到會演變成這種狀況。

「……哼，不愧是社長大人，一舉一動都毫無破綻。我們只是在那傢伙的掌心裡跳舞嗎？」

「那樣講太難聽了，至少這次能幫助她們兩人要算是釋天的功勞。」

「我知道，只是不抱怨幾句很難撐下去。」

十六夜走向白化症少女，在床邊坐下。少女臉頰通紅，因為發燒而說著囈語。原本銬著手銬的雙手綁著繃帶，也已經做過止血處理。

被焰稱為B.D.A的東西——就是那副扣在她手腕上的手銬吧。

「叫作B.D.A的玩意兒就是造成這些症狀的原因嗎？」

「我認為是，除此之外都沒有可能。看起來好像是強行讓體內血液路徑裡的少數粒子進行加速，雖然因為體內殘留的粒子不多所以沒有引發實驗體熔毀（meltdown），不過卻處於隨時有可能崩壞並波及周圍的狀態。」

報告情形的焰臉上充滿不快感。無論身處什麼狀況，要拿刀割開並剝下少女的皮膚都是一件會讓人感到不舒服的事情。

而且焰是研究者，不是醫生。不但沒有醫師執照，當然也沒有那方面的心理準備。只是多少有一點人體相關知識而已。

要在不切斷骨頭和肌腱的情況下拆除黏在手上的手銬，精神想必會比肉體更加疲勞。

「總之，雖然抑制劑只是試作品，但我已經幫她們注射了。如果這下還是不行，就表示我沒有能力救她們。」

「做到這樣很夠了，因為我一個人根本無計可施……我弟弟還真是了不起啊。」

十六夜呀哈哈笑著並看向四周。

他發現在場的參賽者似乎只有焰和自己。

「鈴華跟大小姐呢？還有阿斯特里歐斯也不在，你們沒把他帶過來？」

「彩鳥去城鎮裡散步了，鈴華和阿斯特里歐斯是說覺得遊戲的勝利條件和地圖都有不對勁之處，所以他們去外面看一下。」

「勝利條件和地圖都有不對勁之處？」

「好像是那樣。鈴華看過最近才公開的柏拉圖親筆著作，說不定有注意到什麼事情。」

……哦？

「喂喂，你等一下。那個誇張的情報來源是怎麼回事？她是在哪裡找到那種東西？該不會是假貨吧？」

「因為是在梵蒂岡的機密檔案館裡找到的資料，所以不會是假貨。」

「梵蒂岡？——噢，就是那個大到離譜的神祕古典圖書館嗎？」

「對，就是那裡。那可是最近才公開的最新情報。那裡近年來開始把一部分資料數位化成電子書籍，也有開放給一般民眾喔。」

——一瞬間，粒子體、白化症少女還有世界的危機都被十六夜全部丟到腦後。

講到梵蒂岡的機密檔案館，那裡正是世界最大級的神祕事物集聚地。

連基○教傳教過程中被視為宗教禁書的書籍也收藏在內，據說還藏有大量未公開書籍的禁地。

雖然僅有一部分，沒想到他們會把情報放進數位汪洋裡。

而且既然是數位情報，不就代表十六夜之前隨時都可以閱讀嗎？

對於喜好閱讀的十六夜來說，失去這個千載一遇的機會讓他受到了難以估計的衝擊。

他用一隻手蓋住臉像是在悲嘆，然後帶著恨意從指縫間瞪著焰。

「真……真的假的？這是我逆迴十六夜一輩子的大失敗，也是這幾年以來最嚴重的打擊。我在外界時閒到發慌啊跟我講一聲又有什麼關係呢實在混帳，就算是我也會鬧起彆扭喔可惡！」

「跟……跟我說也沒用，這是鈴華發現的事情，要抱怨就找她說去。」

「我會那樣做。鈴華晚一點必須接受被當成抹布狠狠壓榨出情報的刑罰，我也會讓她明白這世上不會有比哥哥更精通情報的妹妹。」

發現十六夜是真心想把鈴華榨乾的焰嘴角抽動，忍不住瑟瑟發抖。

十六夜還在很滿心遺憾地感到悔恨，然而也不能一直只顧後悔。他嘆了口氣，攤開地圖和「契約文件」。

「那麼，他們是覺得哪部分不對勁？」

「我記得是寫在地圖上的名詞。雖然我聽不懂鈴華在說什麼，總之她是說——『和柏拉圖原稿的內容不一樣！在柏拉圖的原稿裡，**赫拉克勒斯的石柱不是柱子！**』……就是這樣。」

「……啥？」

十六夜發出變了調的聲音。然而這反應並不代表他也無法理解這句話的意義，反而是因為他完全能夠理解，所以才會發出如此怪聲。

「不，沒可能啊。赫拉克勒斯的石柱是那個沒錯吧？據說存在於『世界盡頭』，而且還有名到在亞特蘭提斯傳說和『十誡考驗』裡都出現過的石柱。」

「赫拉克勒斯的石柱」──在搜索亞特蘭提斯大陸時，這是被列舉為最重要關鍵字之一的名詞。因為哲學家柏拉圖應該曾經指出亞特蘭提斯大陸的存在位置是位於「赫拉克勒斯石柱的另一邊」。

至於這個「赫拉克勒斯之柱」據說代表了「世界的盡頭」，指的是在當時的希臘世界中通往地中海另一邊的門戶，也就是直布羅陀海峽。

「可是十六哥，如果赫拉克勒斯之柱沒錯，那麼這個大陸的原本位置不就很奇怪嗎？這片大陸本來是在地中海的範圍內吧？」

「……哦？你居然知道這點。」

「這是地質調查的結果。我為了調查病原菌，身上帶著克里特島的土壤。結果，這裡的地質和希臘近海地區幾乎一致。所以這片大陸很有可能並不是在『地中海之外』，而是在『地中海之內』。」

焰搖晃著裡面還裝著泥土，原本被放在牆邊角落的燒瓶，如此斷定。

他以前曾經痛罵釋天，現在甚至可以感謝。

不，這句話是假話，還是希望釋天能把五億還來。

「……原來如此。如果假設亞特蘭提斯大陸在地中海上，而位於地中海邊緣的直布羅陀海峽是赫拉克勒斯之柱，那麼柏拉圖的文章確實會出現矛盾。但是聲稱赫拉克勒斯的石柱不是柱子的理論……又是如何呢？」

這就是讓十六夜最驚訝的理由。

鈴華主張的「位於世界盡頭的**不是柱子**」讓他吃了一驚。

十六夜在三年前第一次被召喚到箱庭時——曾經跑去參觀據說位於箱庭世界東邊的「世界盡頭」，那時聽黑兔這樣說過：

「因為支撐世界的軸被拔走，所以箱庭的世界才會有盡頭。」

十六夜當時推測被稱為世界軸的柱子就是赫拉克勒斯之柱，而箱庭世界本身和亞特蘭提斯大陸有某種關聯。

……不過實際接觸過後，他才知道原來規模差了幾十位數。

不管怎麼樣，既然取了托力突尼斯（Tritonis）大瀑布這種和亞特蘭提斯有關的地名，那麼過去聳立於「世界盡頭」的東西應該是「赫拉克勒斯之柱」沒錯。

結果來到這邊，鈴華卻講出那種炸彈級的發言。

就算聽到的人不是十六夜，也會忍不住發出怪聲吧。

（……嘖！關於這件事要先放一邊去，現在去想也不會得出答案。）

「世界的盡頭」與世界軸都和這次的遊戲無關。

首先，要考察赫拉克勒斯之柱是否正確。

「老實說，我很想用一句荒唐無稽把這發言駁回，不過這發言畢竟來自讀過原文的情報強者大人，身為情報弱者的我也不能毫無根據地當作沒這回事。」
「嗯～難得看十六哥你記恨這麼久呢。既然真的那麼在意，你要不要再回頭研究一下地圖和遊戲內容？」
這建議也有道理，首先來仔細分析所有人都平等獲得的情報吧。
十六夜拿起地圖，讀出主要地區的名稱。

東方的「聖托里尼的迷陣（Labyrinth）」。
北方的「養牛人的放牧場（Farm）」。
南方的「山銅礦山（Oreikhalkos Mine）」。
西方的「赫拉克勒斯的石柱（Pillar）」。

「……哦？迷宮跟 Labyrinth 嗎？」
雖然他立刻察覺明顯的不對勁，但首先要看完「契約文件」的全部內容。
十六夜攤開寫在別張羊皮紙上的契約文件。

「——太陽主權戰爭　～失落的大陸篇～　——」

※獲得太陽主權的條件：
①參賽者之間彼此任意轉讓（包括遊戲形式的自由對戰）。
②解開並進行記載於附件大陸地圖上的遊戲。
③而且必須表現出最符合神魔遊戲的行動，才會被授予太陽主權。
④　　　　　　　　　　　　　　　　　　　（日後追加）。

※大陸內禁止事項欄：
①禁止參賽者離開亞特蘭提斯大陸。
②如果參賽者試圖離開，必須解開勝利條件的謎題。
③參賽者在大陸內不得殺害參賽者。

※關於登陸的順序：
在精靈列車內贏得最多場遊戲的人可以選擇登陸地點。
登陸後，請自行負起責任並基於各自判斷來度過為期兩星期的遊戲期間。

※第一戰勝利條件：
追溯多重疊合的星辰前行，造訪古老英雄，揭發大父神宣言之謎。

太陽主權戰爭進行委員會　印」

「……唔。」

讀過一遍之後，十六夜開始逐步考察。

搜尋時間（seek time）大約一五〇秒。

十六夜充分利用了這一五〇秒，然後敲了敲契約文件。

「迷陣與迷宮……誤譯、混合……石柱與柱……疊合的星辰……嗯？**多重疊合**？」

他猛然抬起頭，轉頭對焰發問。

「焰！你有沒有在這城鎮裡看到『石碑』？」

「石……『石碑』？不是『石柱』？」

「對，在城鎮外或其他地方也行，總之你有沒有看過類似石碑的東西？」

「呃，我是在城鎮中心看到過，記得石碑是和大型牛畫像一起被祭祀著。」

啪！十六夜用力拍手，咧著嘴說道：

「盛行牛信仰的土地和石碑……那就沒錯了！原來如此，這樣一來『赫拉克勒斯之柱』確實沒有必要是石柱，也能解開最讓人費解的矛盾！果然亞特蘭提斯大陸位於地中海上……！」

十六夜大聲嚷嚷，像是察覺到什麼事情。

焰歪著頭提出疑問：

「你發現什麼了嗎？」

「沒錯，真是要感謝情報強者大人。首先……從『迷陣（Labyrinth）』的誤譯、混合開始說起吧。焰，你知道『迷宮』和『迷陣』其實是**完全不同的概念**嗎？」

「我是知道。不過不愧是十六哥，找出問題的速度就是快。你只看了一遍就注意到那裡嗎？」

焰雖然一臉佩服，不過十六夜以前挑戰過彌諾陶洛斯傳說的迷宮。他想應該可以作為參考，因此在羊皮紙背面寫上當時的遊戲內容。

「恩賜遊戲名『Minotaur the throne in labyrinth』

參加者一覽：~~逆迴十六夜~~。

·參加資格①：擁有一個以上的太陽主權（不問赤道、黃道）。

·參加資格②：擁有太陽神直系的血統，或是具備與太陽相關的功績。

※注意事項※

·本次的太陽主權預賽遊戲可能會在沒有通告的情況下中斷。這是適用於所有預賽的注意事項，敬請事先理解同意。

勝利條件①：討伐『迷宮的怪物』。

勝利條件②：解開 Labrys 的迷陣，破壞所有的牛頭。

宣誓：太陽主權戰爭營運委員會保證公正舉辦上述遊戲。

第二次太陽主權戰爭　執行負責人　『拉普拉斯小惡魔』」

「？這是？」

「是我挑戰彌諾陶洛斯遊戲時的內容，你能看出這文章有哪裡不對勁嗎？」

焰擦了擦手接過羊皮紙，開始研究十六夜挑戰過的遊戲謎題。

默默閱讀內容一陣子之後，焰搔著腦袋開口回答。

「先不管別的……首先，勝利條件有突兀之處。

勝利條件①：討伐『迷宮的怪物』。

勝利條件②：解開 Labrys 的迷陣，破壞所有的牛頭。

明明在前文中有像這樣寫出『迷宮』這名詞——後文裡卻**故意改寫成**『迷陣』。由此可以隱約窺見製作者的意圖。」

「沒錯，『迷宮』和『迷陣』其實是**完全不同的概念**。近年來雖然經常被混同使用，這兩者的內部構造卻有著決定性的不同。」

「這我知道，迷宮是『單一路線』的構造，但是迷陣是『有三叉路等分歧路線』的構造，對吧？」

「就是那樣——不過我認為在這次的遊戲裡，或許這詞語本身並不是謎題之一，而是被作為解謎用的例子。」

「這句話的意思是？」

「鈴華這樣說過吧？『原文裡的石柱不是柱子』。那句話的意思會不會是在說原文裡的詞語——柏拉圖親筆著作裡提到的『石柱（stele）』，在後世被哪個人**誤譯**成『柱子（pillar）』了呢？」

這剛好是鈴華他們早上才討論過的話題。

也就是「把原文翻譯成不同語言時，會參雜譯者主觀」的原罪。

所以鈴華那句話是不是想表達：「柏拉圖所寫的『石柱』在經過翻譯後，被誤譯成『柱子』了」呢？

「可是……這不算是誤譯吧，就算翻成『石柱』，柱子還是柱子啊？」

「哎呀，這可不是跑遍全世界的吾弟該說的話。就像『迷陣』和『迷宮』是不同的概念，『石柱（stele）』和『柱子（pillar）』也可以說是相異的概念。要知道在使用『石柱』和『柱子』這兩個詞語時，並不是看材質來區分。」

「……什麼意思？」

「『柱子』是指支撐房屋或其他實質物體的東西，而『石柱』主要是指在宮殿和神殿裡被作為裝飾的物品——所以在日語裡若要講得精確，應該稱為『石碑』才恰當。」

在石柱上刻畫神話傳說，作為文章流傳下來，就是具備這種含義的石碑。

另外，為了土地景觀而設置於平野中心的標誌物也稱為「石柱（stele）」。

在某些時代經常會被視為古董應用的石柱，其實很少被當成「支撐物」。

就算當成支撐物使用，用途大概也是作為神靈為了支撐天空而需要的附身對象吧。

「啊，所以十六哥你才會問我城鎮裡有沒有石碑嗎？」

「沒錯。再加上『stele』重合了複合詞和同音異義語這兩種構詞，這正是誤譯的真相，也是『疊合星辰』的真正意思。」

某些古代詞語會同時具備多種不同的意義。

這是因為語言概念尚未發達，或是由於詞語已經遺失所以用同一解釋來補足，結果卻就這樣傳開並造成誤解。

而「stele」具備三種意義——「星」、「石柱」和「石碑」。（註：「stele」在羅馬尼亞語中也有星星的意思，而一般講到是星星的「ステラ」時，通常都是指「stella」，在日文中算是同音異義語）

「星……stele……那麼『多重疊合的星辰』是指——！」

「是『石柱』的多重解釋和雙關語！所以勝利條件的『追溯多重疊合的星辰』是要我們找出當地的『石碑』，解開謎題並接近勝利條件……！」

如果把「追溯多重疊合的星辰前行」解釋成「追溯石柱前行」會有點難以想通，但是「追溯石碑前行」就好懂多了。

因為先前也有說明過，石碑一般來說是記載了傳說等文字的遺物。

所以所謂的「追溯星辰前行」，意思是要參賽者解開寫在石碑上的勝利條件提示，朝著勝利前進。

「喔喔喔……雖然我對這些一竅不通，但這下打心底感到佩服。十六哥在這方面的知識真的很豐富耶。」

「哼哼，這當然，我的經驗和菜鳥比起來可差得多了——不吹噓了，實際上這個遊戲從一開始的難度就很高，要是沒有原文的情報，我也無法輕鬆解開。」

十六夜突然收起先前的自傲笑容，換上認真的表情。

看在旁人眼裡或許會覺得十六夜隨手就解開了謎題，然而基本上，要把謎題解開才**總算**能站上起跑線。如果是十六夜以前參加過的遊戲，這麼多的情報已經可以解開謎題展開攻略，在這個遊戲裡卻只能找到出發地點。

再加上還有北方和南方的謎題尚未解開，看樣子不是一朝一夕就能解決。

「意思是所謂的最高難度遊戲果然不是虛有其表嗎？我是覺得不管是最高難度或終極難度還是沒未來模式(No Future mode)都盡量放馬過來啦，但是其他參賽者沒問題嗎？萬一起跑線上只有我們，那可一點都不好笑。」

「是……是啊，那樣的話根本不能算是競爭……不過『石柱』是『石碑』的話，地圖上的『赫拉克勒斯的石柱』是障眼法嗎？」

「不，還無法確定。說不定看似障眼法，實際上卻藏著什麼謎題。畢竟距離這麼遠，我很想麻煩一下女王的空間跳躍。」

十六夜瞄了焰一眼。

焰連連搖手。

「別說傻話。這是碰上真正緊要關頭時的王牌，除了空間跳躍，還有很多其他用途耶。」

「真小氣。你跟我這邊不一樣，有很多同志一起參賽，用一下又有什麼關係。」

「囉唆啦。說什麼很多，阿周那只是一時借用。仁也跟我說了他會提供白化症少女的情報，所以希望我在第一戰結束後可以把阿周那還給他們。」

聽到這句話，十六夜換了個表情。

「……是嗎，還有阿周那。」

「嗯？對啊，有什麼問題嗎？」

「沒什麼，只是我有點事情想問問那傢伙。既然他現在不在，晚點再問也行。」

印度神話的大英傑阿周那。

他是俄爾甫斯提到的Astra的繼承者之一。這樣的他或許會知道什麼連俄爾甫斯也不清楚的事實——雖然十六夜這樣想，但他們兩人有點不對盤。上次只不過稍微對話幾句就吵了起來，而且還是十六夜獲得完全勝利並把他徹底駁倒。

再來就只能詢問目前還在平穩沉睡的持斧羅摩——只是萬一她又像之前那樣不由分說地出手攻擊，根本沒辦法對話。

「……嗯？意思是你也聽說過這白色美少女的事情了？」

「是啊，我全都聽說了——沒錯，聽過但一點都不想說起，因為那真是讓我心情糟透了。」

焰搗著嘴巴，很厭惡地如此回應。對於一直過著正派人生的普通少年來說，或許會覺得白化症少女們經歷過的地獄比箱庭更像是另外一個世界。

他不清楚人類彼此殘殺的戰場，也從未見過被他人殺害的不自然屍體。

若要讓這種善良一般百姓知曉，那些過去確實過於血腥。

「我聽到那些事情時根本無法理解。如果是因為造成白化症的原因基因可以讓粒子體更容易固定之類的理由才做出那種行為，才能算是有點道理可言，而且會成為重大發現。畢竟我們現在預估不管進度再快，也要五十年後才能進行安全的 B.D.A 人體實驗，所以那樣的話肯定能大幅縮短研究時程。」

「——**大幅縮短**嗎……」

「而且要是白化症患者擁有那種特異性質……那個組織更沒有必要依靠食人主義者的援助，只要公開招募就好。我無法理解對方為什麼要私底下偷偷摸摸活動，明明他們應該可以盡享龐大的權威和權益啊。」

儘管受到厭惡感和激憤感苛責，焰的思考依然非常冷靜和合理。

十六夜默默聽著他的考察。

「如此一來，代表那個組織的目的打從一開始就不是為了權益。一連串的事件雖然偏離常識，但是結果卻聚集為一。」

「天之牡牛」表現出粒子體的威脅和權威。

克里特島的假性天花證明了粒子體的有用性。

至於白化症患者，應該會讓粒子體的研究進度大幅加快吧。

「但是我搞不懂，能夠因此受益的只有我和『Everything Company』。這樣一來，我怎麼想都覺得敵人打從一開始就只是為了推進粒子體研究而組成……老實講，根本莫名其妙。」

這些敵人不但目的和行動都難以捉摸，而且會因為他們的行動而獲益的人只有焰這邊。敵人的行動理念竟然難以理解到這種地步，實在讓人滿頭霧水。

即使多方面冷靜推理，焰還是完全找不到其他理由。

「……說不定那就是理由。」

「咦？」

「我的意思是，或許對方的目的就是要讓你們的研究本身獲得世界認同，研究速度也能加快。」

「不，所以我就說了，敵人那樣做的目的和理由又是什麼？促進粒子體研究到底有什麼意義……」

「不是針對粒子體，而是針對**將來的發展**。」

十六夜嚴肅地這樣說道，讓焰愣了一下。

「將來的發展……你是指環境控制塔嗎？」

「沒錯，那計畫已經開始推動了吧？」

「別說傻話了。彩鳥她老爸雖然很有興趣，但是那計畫頂多還只是痴人說夢。是個連建設地點都還沒決定，也尚未取得許可的玩意兒喔。就算再怎麼趕，一百年以內也不可能達成。」

現在還是小孩子的妄想……西鄉焰笑著說道。

要建設能散布「星辰粒子體」的環境控制塔，首先要準備好粒子體的量產機制，然後要取得各國的許可，還必須讓世人普遍了解粒子體對人類無害。

其他方面，想必還會冒出許多宗教問題和理念問題吧。

目前連第一階段的量產機制都還沒準備好。

調查這個白化症少女或許可以知道些什麼，但是如果可能，焰不想再增加這名少女的負擔。這是好不容易才搶救回來的生命，希望從今以後能讓她過著遠離危險事件和研究的生活。

因為粒子體研究只要慢慢推進就好。

「這女孩就由『CANARIA 寄養之家』負責照顧，我不會讓壞人對她出手。釋天應該也會幫忙，畢竟那傢伙還欠了超大一筆債務。讓他暫時無酬擔任孤兒院警衛也不錯……不對，明明是他欠債，說無酬好像也不太對……」

「焰。」

十六夜以不由分說的語氣打斷焰的發言。

雖然他只說了一個字，但是卻具備如此沉重的分量。

「我明白你的想法了。不過基於這些，我還是要再問你一次。如果假設敵人的行動全都有合理的理由——那麼**即使如此**，還是必須建造環境控制塔的理由會是什麼？」

「咦……就算你這麼說……」

焰搔著腦袋露出困惑表情。話說起來，斯卡哈以前也講過類似的前提。然而焰不得不提出疑問，懷疑那樣的前提真的有意義嗎？

畢竟所有實驗造成的損害都具備全球性的規模，雖然星辰粒子體正是因為解救了危機才能獲得世界性的知名度——但是當然不可能有值得付出那種龐大犧牲的理由。

「是嗎，那麼我換個話題吧。你知道你父親……西鄉博士在粒子體之前的研究主題是什麼嗎？」

「啊……嗯，這我聽說過。他是在研究要如何把沉眠於日本的海底資源還原成能源吧。」

「沒錯，日本過去一直被認為是個缺乏能源資源的國家，但是隨著文明進化而發現海洋蘊藏著豐富的資源，也成為研究的開端。」

「……嗯，老爸的論文有提到，如果能順利運用以甲烷水合物（Methane Hydrates）為代表的各種資源，就能讓日本成為世界數一數二的能源資源大國。」

從金銀銅等貴金屬開始，日本的海洋裡埋藏著稀有金屬（Minor metals）、石油、富鈷殼（Cobalt-rich crust）、以及沉眠於海底的最大能源資源——甲烷水合物。

這種能源資源的二氧化碳排放量低於石油和煤炭，被期待能減少環境破壞。把儲藏量換算成資產價值後，據說超過一百五十兆日幣。

所以回收這些沉眠於海底的海洋資源能源的技術，和粒子體研究、太空探索同時被列為最重要的技術開發項目。

「『為了建立一個富裕、沒有疾病的國家，必須儘快研發能夠有效活用星球資源的技術』——我記得是這樣的論文。」

「還提到日本因為缺乏資源，想要存活下去，只能靠著過度勞動和浪費私人財產去推動經濟高度運作，因此回收天然能源資源是最優先事項……之類的內容。」

焰一邊回答，同時不斷注意到星辰粒子體為何會由西鄉博士發現的必然性，以及為何會在日本發現的必然性，不由得暗暗感到驚訝。

星辰粒子體是被造物，但是並未查明發現地點到底是哪裡。然而西鄉博士如果是在研究海底資源開發的過程中發現作為第三類永動機的星辰粒子體——那麼毫無疑問，原型粒子體的發現地點是在日本近海的某處。

「講到海底的甲烷水合物礦層，應該是在海底火山附近吧？我以前從來沒想過要去尋找原典(Origin)，不過說不定可以查出是在何種環境下形成。」

「……是嗎，**果然是海底火山嗎**？」

十六夜抵著額頭，似乎很痛苦地狠狠咬牙。這態度讓焰感到很意外。

他剛剛的口氣很像是打從一開始就知道焰會有何種反應。

「……十六哥，你為什麼要問我這些事？」

「我是很想說明，但是連我自己也在煩惱到底該怎麼說明。雖然我不想承認，但現在腦子一片混亂──不，不對，原因是我太疏忽，應該要早點注意到才行。」

十六夜用手蓋住臉，吐出悔恨的發言。但現在也不能只顧著後悔。

「焰，已經沒時間了，我直截了當地問你吧。」

「問……問什麼啊？」

這從未聽過的聲調讓焰有點畏縮。

十六夜沉默了一會兒，才勉強擠出聲音發問：

「你──有聽說過星之大動脈潰決──『超普林尼式火山噴發(Ultra Volcano)』這個詞嗎？」

──……

聽懂從十六夜口中說出的發言後，焰一時像是失了魂。

不，他明白這個詞語的意思。

今天早上和其他人討論時提到的地緣政治學者也有說過這個詞。

那時候被亞特蘭提斯大陸的話題帶開所以沒有機會深入了解，不過他至少還是有聽說過。

然而焰的大腦卻拒絕理解先前與十六夜的對話和這件事之間有什麼關聯。因為如果那個地獄之窯就是一切的開端兼元凶──那麼他簡直會誤解那些被自己稱為敵人的勢力在行動時真的有明確的理由和正當性。

當魂不守舍的焰繼續保持沉默時，十六夜的表情突然繃緊。

「……焰，談話到此結束。你把東西收進恩賜卡裡，過來我這裡。」

「為……為什麼？」

「看樣子我們悠哉閒聊太久了……**外面有人**，你現在立刻過來。」

十六夜的聲調雖然平穩卻帶著緊迫。他不確定對方從什麼時候就待在門外，但是直到現在這瞬間為止，十六夜都沒有感覺到任何動靜。

現在是因為在外面的人不再消除自身的存在感，所以他才終於發現。

隔著一道門感覺到異質氣勢的十六夜發現自己掌中開始冒出些微冷汗。

對方不是普通的敵人，而且恐怕不只一人。

和持斧羅摩與牛魔王同等──甚至實力更強大的對手就在幾步之外等待。

這強大的氣勢，和十六夜至今對峙過的所有人都不同。

焰按照吩咐把 B.D.A 和醫療儀器等都收進恩賜卡裡，小跑步到十六夜身邊。

（不只是俄爾甫斯……還有另一個不得了的傢伙……！）

十六夜把焰和沉睡中的少女拉到自己身旁，觀察對方的態度。

雙方隔著房門釋放敵意相互牽制──沒想到最後是外面的人物先展開行動。

「……你的膽量相當了不起，逆廻十六夜。聽說阿周那不在所以我試著施壓，卻完全得不到膽怯的反應。我是不是走了錯誤的一步棋呢，俄爾甫斯？」

「……那是你擅自行動，我可沒有任何意見，黑天。」

「什……！」

黑天──俄爾甫斯剛剛是說了「黑天」嗎？

原本坐在床沿的十六夜站起來擺出備戰態勢，如果外面那個叫作黑天的男子真的是他知道的那個黑天，至今的敵人根本無法與之相比。

焰也受不了那種彷彿寒氣逼人的氣勢，抖著聲音發問：

「十六哥……黑天是……？」

「黑天是在『Avatāra』裡最有名的男子。你應該有聽說過大衛王、釋〇和耶〇吧？這傢伙就是可怕到甚至有某一派學說認定那類『救世主思想』的原典是他。」

「Avatāra」中的第八化身──聖仙黑天。他在日本並不有名，卻是在全世界都廣為人知的神靈，同時也是被視為救世主之一的存在。

然而十六夜無法理解，俄爾甫斯的服裝上明明有「Ouroboros」的旗幟。

可是「Avatāra」不是已經叛離了「Ouroboros」嗎？

「哎呀，裡面的氣氛變了呢──也好，既然已經畏懼到這種程度，交涉起來也會比較容易。」

同時，壓迫著十六夜等人的威嚇氣勢也煙消雲散。

入侵者打開房門，大搖大擺地闖入。

看到進來的人物之後，十六夜和焰都瞪大眼睛。

因為對方是一個亞麻色頭髮如獅子鬃毛般雜亂，臉上五官顯然會讓人聯想到拉丁系血統的少年，年紀大概和焰差不多吧。

這外貌讓十六夜感到很困惑。

（……這是怎麼回事？那個長相怎麼看都是出身於希臘圈。）

對方散發出威脅感，也可以感覺到深不見底的力量。但是這容貌卻讓十六夜實在無法接受。

黑天身為神之化身，外表應該會反映出靈格。參照阿周那的一頭藍髮，黑天的髮色必須是符合傳說的黑色。黑天察覺到十六夜的疑問，看著自己的身體露出似乎有點困擾的微笑。

「噢，我的身體……其實是借用之物。因為聽完說明的赫拉克勒斯想要做出愚蠢的行動，我為了讓他安分下來，所以有點強硬地**借用了**他的身體。至於肉體變年輕的原因，大概是因為他放掉了太陽主權吧。」

「嗚……！」

十六夜這次真的懷疑起自己的耳朵。雖然黑天婉轉地說是借用，但實際上卻是篡奪。意思是黑天輕輕鬆鬆就奪取了在武、智、勇三種要素中，達到武之巔峰的英雄肉體嗎？

「那麼我重新自我介紹吧——初次見面，我是『Avatāra』的第八化身，名為黑天。也是阿周那的**壞朋友**。基於某種理由，我前來接收那邊的兩名實驗體。」

黑天的自我介紹像是在回敬某隻黑兔。

十六夜握緊拳頭，把身體往前傾，重心也往前移動。

但是黑天卻伸出右手勸告他。

「好了，請等一下，我們先談談吧。等你聽完我們的主張，應該會主動交出那些少女。」

「哦？但是赫拉克勒斯聽完後卻決定反抗吧？」

「被你抓著這點打實在讓人尷尬——那麼首先，我來說明我們到底對他說了什麼，他又是基於何種理由才會做出愚蠢行動。這樣可以嗎？」

十六夜保持警戒瞇起眼睛，然而他覺得對方這番話也有道理，因此以手勢催促他繼續。黑天靜靜地露出微笑。

接著開始敘述先前也曾告訴赫拉克勒斯的……世界的真相。

幕間

Last Embryo

「——你說人類歷史的時限？」

舊友口中講出的發言讓赫拉克勒斯感到滿心驚愕。

說出這事實的俄爾甫斯本身也一臉苦澀地繼續說道：

「沒錯。打從一開始，**星球就訂定了**人類的時限。」

「地獄之窯的真面目是超普林尼式火山噴發，人類**原本**會因為歷史上最大級的星之呼吸而迎接滅亡。」

火山活動中最大等級的狀況被俗稱為「大鍋噴發[Caldera Volcano]」。

過於強大的星球之力噴發出的土石流是最大最強的自然災害，有時能製造出大地，有時卻連整片大陸都會被摧毀到支離破碎。根據噴發後殘留在大地上的傷痕形狀，才會被取名為字義是大鍋或大杯的「Caldera」。

據說威力推定有核武三千億倍的力量洪流會擊碎大陸，掀起粉塵覆蓋天空遮蔽陽光，最後讓長達數百年的冰河期覆蓋星球。

「暴風雨、洪水、傳染病、放射線……人類和神明曾經克服各式各樣的問題，卻只有最後這一個實在無計可施。」

「所以是喚來末世的地獄之窯嗎……我也聽說過傳聞，可是真的那麼恐怖嗎？」

聽到赫拉克勒斯顫聲說出這句話，金髮的吸血姬拉彌亞似乎很得意地挺起胸膛。

「那當然。足以毀滅人類歷史百次後仍有餘的力量可不是人類稍微努力就能夠對抗的東西，把這個不可能化為可能的正是……」

「環境控制塔。提案者是名為西鄉的男子，也就是管理星球的巴別塔（Tower of Babel）。」

蕾蒂西亞搶在拉彌亞之前講出後續內容。

發言途中被打斷的拉彌亞像是鬧彆扭般地嘟起嘴。

「……哼，既然姨母大人那樣說，我就基於這個前提繼續吧。總而言之，那個環境控制塔是為了拯救人類的必要匯聚點。」

「在打倒那些『人類滅亡的形式化』……別名『弒神者』的終末之獸後，箱庭把救濟之力交給人類，成功導正歷史。」

「然而獲得救濟人類之力的人類使用這份力量自我毀滅的未來卻也就此定案。」

這正是「人類最終考驗」——由人類徹底滅絕人類的三名魔王。

「絕對惡」魔王阿吉・達卡哈。
「閉鎖世界」魔王敵托邦。
「衰微之風」魔王 End Emptiness。
他們是被當時的箱庭認定「絕對不可能攻破」的最強魔王。
「……是嗎，只要從人類手中收回疑似乙太體(Etheric Body)，就能避免人類自我滅亡。但是在那種情況下，身為『弒神者』的那些末世之獸卻會連人類也一起殺光。」
「沒錯……雖然途中還發生過白夜王的異議跟失控，不過那先放一邊去。」
「為了打破這個狀況，唯一的可行之路是要讓人類本身的倫理觀得以進化。結果，逆廻十六夜終於打倒魔王阿吉・達卡哈，『衰微之風』也因此停止，人類歷史開始走向完成——**原本應該是那樣。**」
俄爾甫斯與蕾蒂西亞都憂鬱地陷入沉默。
對心地善良的兩人來說，接下來的事情實在難以啟口。
一旦說出口，**無論怎麼掙扎也只會演變成悲劇**，只有悲傷等待著眾人。有兩條生命原本會沉入人類歷史的黑暗面，全然無人知曉。正當他們猶豫著該如何說明時——赫拉克勒斯背後突然響起說話聲，同時還伴隨著一陣平穩的風。
「俄爾甫斯，你太拐彎抹角了，對他還是直接說清楚講明白會比較好吧？」
「嗚……是誰！」

赫拉克勒斯轉過身，揮拳打向發出聲音的位置。朝著水平線擊出的拳頭光是拳風就打碎礁石劈開大海，但是並沒有打中那個存在。

依舊不知道從哪裡響起的聲音保持平穩的語氣繼續說道：

「我是黑天，是『Avatāra』的第八化身，也是『Ouroboros』的創始者之一。」

「嗚……你說你是『Ouroboros』的創始者……！」

「沒錯，聽說你願意加入盟約，所以我急急忙忙地從大海另一頭趕來此地。因為你是成為『英雄（hērōs）』語源的半神，當然應該告知事實，而且我也很樂意請你協助。」

颼颼作響的黑風另一邊傳出聲音，卻無法看到對方的身影。

依舊舉著拳頭的赫拉克勒斯靜靜瞪著聲音來向，同時讓自己的感覺更加敏銳。

「那麼我來說明結論。那些女孩是為了拯救人類的**供品**，也就是活祭品。」

「……你說活祭品？」

「如果那兩個人沒有死，粒子體研究會**來不及**讓超普林尼式火山噴發沉靜下來。因此，那兩人是被拯救世界的命運所殺。」

「你說什麼——！」

這種話太蠢了！赫拉克勒斯大叫。雖然他對粒子體研究一無所知，不過神祕男子的說明很單純，因此可以理解。

換句話說，需要白化症少女肉體的說法並不正確。

真正需要的是兩個人被作為**研究材料**的**屍體**。

「怎麼會……你們認為世界會因為那種邪惡的研究而得救嗎……！」

「沒錯，這正是成為『絕對惡』支柱的事件之一。是為了救濟人類的必要犧牲，同時也是某一天恐怕會毀滅人類的幼苗。」

聽到對方冷靜乾脆的聲調，赫拉克勒斯因為過於激憤，讓人產生他的肉體似乎膨脹數倍的錯覺。

宛如獅子鬃毛的亞麻色頭髮也因為怒氣而抖動豎起。

星之大動脈潰決，火山爆發導致神話終結或起始並不是罕見的狀況。正如字面上所示，那些在災厄這種分類中是最大力量的結晶。

若要抑制那些災害，想必會導致人類與神話的完全訣別。

然而如果要把年幼生命獻給這個儀式——

那麼人類累月經年學習至今的倫理進化到底成了什麼呢？

對抗會毀滅人類的「絕對惡」，克服讓人類軌跡回歸於無的「閉鎖世界」，持續奮戰阻止「衰微之風」顯現的箱庭歷程又成了什麼呢？

「嗚……」

赫拉克勒斯原本認為自己屬於過往，不應該僅憑自我(Ego)之念就直接干預未來——但是無論是發生了何種異常狀況，那些少女的生命都存在於自己能接觸到的範圍。

打倒敵托邦魔王的最後一個詩人在外界凋謝。那麼自己身為她的老師之一，有義務見證實驗體少女的最後結局。所有的善惡也全都要由自己親眼確認判斷才有意義。

然而黑風吹起，像是要阻止準備轉身離開的赫拉克勒斯。

「赫拉克勒斯，你要去哪裡？」

「我要撤回先前的加入宣言，然後去見那些命運的當事者。」

「這話太不負責任了。所謂的命運，是靠著累積現象後才會發生的結果。我等的職責已經結束，未來也已經託付給那個時代的人們。主張自己是過去遺物的人不正是你本身嗎？」

「我是那樣說過沒錯，但是有可能在這個箱庭發生的歷史都是共有財產。我們建構起過去，如果從過去延伸出的命運與歷史被召喚到這個箱庭，那麼我就擁有充分的權利去插手。」

赫拉克勒斯不屑地說完，轉過身子。即使在反烏托邦戰爭中都堅持待在後方的這個男子如今卻認真地握緊拳頭。

倘若剛剛那些話是事實，代表希望那些少女死去的人不只一兩個。

也等於包括諸神在內的全世界生命都期待她們的死，強迫她們扛起這種宿命。

少女們是沒有父親也沒有母親，在世上無依無靠的實驗體（白老鼠）。

在甚至不把她們當人看的設施裡出生成長，最後還被要求必須為了救濟人類這種崇高理念而去死，想必不會有任何英傑聽了這些話之後還能平心靜氣。

……就算是赫拉克勒斯出面，也無法守住她們吧。

然而還是必須**有哪個人**挺身而出，必須有哪個人揮動帶有萬千憤怒的拳頭，擊向那亂七八糟的命運。

如果沒有人那樣做……那些年幼的生命實在太得不到回報。

「神祕人，你這傢伙就儘管去對命運低頭，屈膝，逢迎獻媚吧，我恕不奉陪。這種事我已經在外界經歷得夠多，也切身體驗到沒有揮拳對抗命運的人必定會走向悲慘的末路——我不會愚蠢到想去改變那些過去，但是不要讓新時代的人承受相同後悔正是我現在的使命。」

有言道：愚者從從經驗中學習，賢者從歷史中學習。

赫拉克勒斯這個英傑或許會因為自身的淺薄而淪為愚者，然而他應該能讓活在未來的人成為賢者……他憤怒的雙眼就是如此訴說。

「……是嗎，真是遺憾。」

沉靜的聲調中帶有失望的感情，對方說的遺憾必定是出自真心。

希臘神群最強的戰士赫拉克勒斯。

在太陽主權中也留有眾多功績的英傑。

對於這樣的他不願意基於自身意志留下而感到失望的男子……

「換句話說，我可以認定——你是**毀滅世界的敵人**吧？」

下一瞬間，甚至讓大氣受到擠壓的殺氣籠罩周遭。

他的聲色變得冰冷無情，黑風圍住赫拉克勒斯。赫拉克勒斯反射性地揮動手臂抵抗，黑風卻絲毫不受影響，繼續激烈吹襲。

「你這傢伙……！」

「請放心，我不會取你的性命。只是我被迦爾吉封印，目前處於身體無法行動的狀態。所以我想暫時借用你的身體。」

「開什麼玩笑！你以為我會允許你……做出這種……！」

黑風狂襲，侵蝕赫拉克勒斯的身體。

這份黑暗深沉到讓赫拉克勒斯感到驚訝。他至今在外界、箱庭都曾經承受諸神和巨人族的詛咒，但是把那些全部加在一起也還遠遠比不上這次。

顯然這已經超過一個神群可能辦到的詛咒濃度。

再加上赫拉克勒斯目前擁有三個太陽主權，力量甚至能超過最強種的天生神靈，面對黑風卻依舊束手無策。

「哦，你擁有三個太陽主權嗎——真是太好了，如此一來，我等『Ouroboros』可說是保證能獲得勝利。」

快要失去意識的赫拉克勒斯因為這句話而清醒。

赫拉克勒斯擁有的三個太陽主權中，有兩個是由白夜王轉讓給他。

這是上一屆的優勝者以太陽戰爭主辦者之一的身分來挑選出夠格承接太陽主權的人，希望被選中者能引導正當的參賽者而交付的信賴之證。

絕對不能被他人以這種形式奪走。

赫拉克勒斯全身顫抖，擠出力氣大叫：

「……嗚……白羊宮的化身阿爾戈！我的天秤宮(Libra)和人馬宮(Sagittarius)都拜託妳了！現在就越過星海，立刻逃走！」

「知道了，包在我身上！」

被廢棄於海上的船隻殘骸突然變化成巨大的羊。這隻金羊以聽起來像是少女的聲音大叫，帶著另外兩個主權飛向星海消失無蹤。

黑風之主因為突如其來的狀況而吃了一驚，而後似乎很惋惜地嘆了口氣。

「……唔，我一時忘了。阿爾戈號使用神樹打造，是**擁有自身意志的船**。與山羊座的盾一樣，都是可以自主行動的主權。」

「哼……就算你現在察覺，也已經……太遲了……！」

「不，這沒什麼大不了，畢竟能借用你的肉體已經是充分高於期望的成果。在太陽主權戰爭結束之前，你就慢慢休息吧。」

這是赫拉克勒斯聽到的最後一句話。

當黑風消散時，留在原地的人——是失去太陽主權，外表成了少年的英雄。

「——以上就是我們和赫拉克勒斯之間的對話，以及事情的始末。」

有什麼問題嗎？黑天帶著微笑發問。居然把前因後果解釋得如此詳細正確，大概要歸因於這男子的秉性吧。

然而聽完緣由的十六夜和焰卻顧不上那些。

兩人分別基於不同原因而講不出話。

在彼此保持沉默互相瞪視的狀況下，先開口的人是十六夜。

「……黑天，你說你是『Ouroboros』的創設者之一？」

「是的。現在敗給迦爾吉而遭到封印，不過你那樣認定並沒有問題。還有其他疑問嗎？」

他的聲調溫和，洋溢著高潔品德。

正是因為他的語氣和激烈嚴苛的行動並不一致，才會讓聽眾感到困惑。充滿神聖威嚴氣質的聲音並不是來自肉體，而是從靈魂發出。

——不過，他的行為卻惡劣到極點。

赫拉克勒斯的憤怒極為合情合理。

甚至可以說多虧他發怒過，十六夜現在才能保持冷靜。聽完先前那堆狗屁倒灶的發言，知道有其他人和自己一樣滿腔怒火確實會讓人比較安心。

把那種英傑的肉體強行奪走的男子就在自己眼前。

對於那個十六夜偷偷期待能與之交手的英傑，把他的高潔放在地上踐踏的男子。

「哼！說什麼救世的『Avatāra』，實在笑掉人大牙。結果居然和『Ouroboros』的創設有關，不愧是違約英傑阿周那的友人。像你這種為了阻止戰爭可以不擇手段的傢伙，自以為是的程度果然也不尋常。」

「哦？聽你的口氣，似乎知道我的事情。」

「當然知道了，『救世主思想』的原典黑天——在某派學說中被認定是希伯來舊約聖經中記載的大衛王原型，也是古代印度的**本土太陽神**吧？在另一派學說中，似乎還留下了和當時是最強軍神的因陀羅交戰過的軼聞。」

這是在西元前一千五百年以降發生的「高貴民族（雅利安）」的民族大遷徙中被記錄下來的神話。信仰聖典《梨俱吠陀》的雅利安人從中亞往東南西北四個方向開始大遷移，據說在當地的本土民族中留下了其血統。至於神王因陀羅和太陽神黑天之戰，好像也有人認為是異族和土著之間紛爭的代理戰爭。

黑天抬頭看向夜空，似乎很懷念地露出微笑。

「你提起讓人懷念的話題呢——沒錯，就是那樣。被稱為時代之王的最強軍神因陀羅以神王身分交戰過的最後一個對手是黑天，也就是我。而降天為人類的我也因為那場戰爭而認識阿周那，成為一生摯友。」

「哦？和阿周那成了朋友嗎……雖然你嘴上這樣說，但傳說中卻記載你一直在強迫他做一些相當殘酷的行徑。阿周那他們的兄弟相殘、殺死師傅、殺害長老——**和這些奸計全都有所牽扯的人**就是你吧？」

十六夜滿心輕蔑地瞪著黑天。

然而眼神依舊冷靜從容的黑天只是微笑著要十六夜繼續說下去。

印度神群的大英傑阿周那和黑天——兩人是在史詩《摩訶婆羅多》裡發生的最大戰爭中相互託付生命的盟友。

儘管這場戰爭確實是在和敵人以命相搏，卻具備類似恩賜遊戲的概念，制定了許多規則。

第一——禁止殺傷戰士以外的一般人。

第二——進行單挑的當事者不能殺死局外人。

第三——戰爭只能在黎明到黃昏之間進行。

第四——禁止攻擊肚臍以下的部位，也禁止從背後攻擊。

第五——禁止殺死懇求饒命之人。

第六——夜晚必須尊重彼此的生命，舉杯共飲把手言歡。

諸如此類，訂定嚴格的各種規則後才進行戰爭。

到了近代，戰爭也會套用各種規律，用理性彼此束縛，避免破壞人們的營生。如果這些規則在西元前這種人類黎明期也能全數被理性遵守，那麼對後世延續下去的宗教、神話、戰爭概念想必都會造成許多影響。

——然而，**卻沒有演變成那樣**。

因為上述的六條規則，最終**連一條都沒被遵守**。

那場戰爭在違約、愛恨恩仇以及奸計的作用下，發展成一場以血洗血的泥沼之戰。

「既然把阿周那稱為違約的英傑，那麼必須把你稱為奸計的英傑才顯得公平。因為你在印度神群最大的戰爭中，總是身處奸計的中心。」

「沒錯。到了顯現於箱庭的現在，我依然像這樣為了弭平無用的戰事而四處奔走……老實說，其實我差不多想靜靜沉睡了。」

真是讓人困擾……黑天帶著微笑搖了搖頭。

十六夜並沒有被他這種行動欺騙，而是繼續瞪著黑天。講到這個奸計的英傑，假使他真的是「Ouroboros」創設者之一，也還算讓人可以理解。然而在身為奸計的英傑之前，黑天應當是救世之士無疑。這次的事情先姑且不論，十六夜回想起至今和「Ouroboros」之間的戰鬥，覺得有哪裡不太對勁。

「……哼，不管怎麼樣，我們沒有義務協助『Ouroboros』。白化症的少女們由我們保護，你們洗把臉清醒之後再來過吧！」

「那就傷腦筋了。我可以理解你的敵意，但是老實說，你根本判斷錯誤。我也不想做這種事，打心底不願意。不過這是明確的歷史異常，必須由哪個人忍著痛苦去導正——」

「——**那種事情無關緊要**。」

這時焰發著抖開口插嘴，就像是要打斷所有對話。

他的臉色鐵青，欠缺血色到了讓旁人全都覺得他隨時會昏倒的地步。

焰用顫抖的手指指向黑天，一邊用力喘氣一邊提問最重要的關鍵。

「……幾年後會發生？」

「……？」

「我是指超普林尼式火山噴發。你們提到的災難性噴發……會在**幾年後**，哪個國家發生？」

焰拚命押著胸口像是要讓心跳穩定下來，同時對著黑天發問。雖然白化症少女們的事情也很重要，不過焰身為研究的當事者，確認這一點是首要之務。

或許會被批評為冷血無情，然而考慮到事件的規模，這是理所當然的反應。焰的腦中存有所有資料，所以能夠明確理解可能與不可能之間的界線。

黑天收起微笑，以憂慮的眼神看向他。

「也對，你是在研究最前線奮戰的博士。既然現在已經得知自己的研究包含拯救世界的命運，當然有必要先掌握正確期限——好吧，我在面對這件事時，也該做好至少要犯下一個罪業的心理準備。」

黑天散發出和先前截然不同的冷硬氣勢，以完全感覺不到溫度的冰冷聲調說出了歷史的真相。

「人類滅亡——會發生在從現在起的十五年後。由於星之大動脈潰決，藍星將轉變為死星。至於被派來解決這事件的人選，就是你們兄弟倆。」

剩下十五年——這句話讓十六夜和焰承受前所未有的絕望。

「你……你說十五年……？」

就連不是專家的十六夜也明白，**那是不可能辦到的事情**。根本是比研究更基本的問題。

要在世界各地建造高達大氣層的巨塔，首先要取得各國的同意，還要讓紛爭地帶停戰，解決宗教問題、利益比率、制空權等各式各樣問題後，才總算可以著手進行。

當然，不能公布超普林尼式火山噴發的時期。要是做出那種事，全世界會陷入嚴重恐慌。各種流通的停滯和暴動的發生自不用說，甚至有可能會造成催化恐怖主義的結果。假設真的解決了所有問題，也不知道能用來建設巨塔的剩餘時間還有沒有一兩年。

「你是白痴嗎……！只靠兩個人怎麼可能辦到那種事情！」

「但是你們非做不可——噢，我的意思並不是要你們兩個人自己去處理。已經有數個國家機構和宗教團體展開行動，製造出『天之牡牛』附身媒介的也是他們。所以關於建設巨塔的計畫，無論要流多少血，也能夠**強行**推動。」

你們可以放心……黑天露出像是在安撫小孩的平穩微笑——若無其事地講出：「包括原住民在內，只要把來礙事的傢伙**全部殺光就好**」。

就連造成超過兩百萬戶受災民眾的「天之牡牛」，也被這男人評論為合理的判斷。

面對這種精神構造，十六夜開始被某種第一次體會到的感覺困住。

「————」

這傢伙**大有問題**。

十六夜第一次實際體認到世界上真的有聽不懂人話的傢伙。再加上就算想靠理論來說服對方，自己手上也沒有任何情報。

現在他們需要的是**替代方案**，能夠不殺死這些少女就促進粒子體研究進步的替代方案。

不過雖然十六夜這三年以來也曾多次模擬過人類滅亡的情境，這卻是遠遠超乎想像的事態。像這樣的狀況，是要叫人如何解決？

看到兩人苦悶的模樣，黑天以困擾的表情轉開視線。

「……看樣子我有點太苛責了。我之前也有說過，這是超越善惡層次的問題，不是你們的良心必須背負起的原罪。我也可以理解被迫要做出極限選擇的人會是多麼苦惱，所以——那邊的兩人由我來**處理**吧。」

黑天開始走向兩人。

十六夜反射性地擺出架勢，焰則基於本能縮起身體。黑天和焰有時會提到的「原罪」，是指為了達成目標而必定會產生的罪業。

既然是因為陷入人類生存權受到威脅的事態而導致年幼生命被殘酷捨棄，那麼這份原罪就是人類全體都必須負起的罪業。

所以，不會只有你們感到痛苦——黑天溫柔地如此低語。

十六夜先前坐著的床鋪上有兩名白化症少女，還有附身於其中一人身上的持斧羅摩正因為高燒而囈語。要奪走她們的性命想必不費吹灰之力。

面對步步靠近的黑天，兩人以媲美電腦的速度籌劃策略，卻沒有任何辦法能帶來根本性的解決。

（要怎麼做……！到底該怎麼做才好？）

關於超普林尼式火山噴發，儘管沒有方案，但還是**有著希望**。亞特蘭提斯大陸被召喚到箱庭肯定與災難性噴發有關，解開這大陸謎題的行動應該也具備某種意義。

然而那樣無法趕上。

現在就需要替代方案。為了**在此時**能揮拳抵抗，需要有替代方案。

假設真如這男子所說的沒有時間了，在此草率阻止他的行為等於會導致所有人類的性命面臨危險，只有這點無論如何都必須避免。

西鄉焰把手放在胸前像是想安撫劇烈跳動的心臟，張開蒼白的嘴唇拚命大吼：

「時間……真的沒有能用來思考的時間嗎？說不定還有其他什麼方法……」

「沒有方法。我擁有能預視未來的權能，既然我無法看見任何蛛絲馬跡，就代表那樣的命運目前並不存在。」

「我才要說那算什麼理由！如果有絕對的未來預知能力，那群神明才不會一個個都絞盡腦汁，為了拯救人類而到處奔走！」

這個男子對赫拉克勒斯說過命運是情報的累積，但是應該不光是那樣。據說甚至連將來都能看透的眾神是為了掌握新的未來，才會設立了各式各樣的考驗並藉此促進人類進化。既然是這樣，應該會有連諸神都無法發現的未知要素存在。

焰來回看著十六夜和白化症少女，咬著牙拚命主張。

「替代方案……**我有替代方案**！所以只要一點時間就夠了！給我一點時間，讓我跟十六哥談談……！」

聽到焰的要求，十六夜用力吸了一口氣。然而黑天以沉默來斷定那樣做只是在浪費時間，眼中甚至帶著失望。

他認為焰事到如今還想靠著胡說八道來苟延殘喘，實在過於難看。

能推翻命運的方案不可能那麼容易就出現。可以隱約窺見他表現出早知如此，不說明反而好一點的焦躁感。無論再怎麼要求，這個男人已經不會回應。

加快腳步逼近兩人的黑天舉起手中的圓月輪（Chakram）。

＊

「──好吧，那麼**就由老身來爭取那些時間**。」

兩人背後突然竄起足以燒焦大地的火焰。

不知道她是從什麼時候開始旁聽對話。

站在他們身後的是手中舉著從星之地殼召喚來的長槍的白髮廢滅者。

殺戮賢者──「Avatāra」第六化身持斧羅摩以氣勢逼人的模樣大吼。

「汙染一切吧，吾之星——貫穿吧，『原始神格・梵釋槍（Brahma Astra Origin）』——！」（註：第三集中為梵天槍，此處配合原文改為梵釋槍）

殺戮賢者緊握燃起熊熊火焰的長槍，一直線衝了出去。黑天反射性地想要避開，不知何時纏住全身的細線卻讓他動彈不得。

「嗚……持斧羅摩……還有俄爾甫斯！你這傢伙……！」

「抱歉，我的手不小心滑很大！你們快趁現在逃走！」

俄爾甫斯對著逆廻十六夜、西鄉焰，還有依舊痛苦呻吟的白化症少女大叫。焰雖然整個人傻住，十六夜的動作卻很快。

他扛起焰和少女，穿過燒燬的屋頂衝進森林裡。

繼續往前衝刺的持斧羅摩擊中黑天，從民家衝向天際。

為了避免波及城鎮而在空中畫出一道弧線的持斧羅摩和黑天轉瞬間就飛往亞特蘭提斯東邊的盡頭，然後往下墜落。

黑天摔下懸崖，他的身體卻毫髮無傷。

赫拉克勒斯宿有原始刀槍不入恩惠的肉體讓持斧羅摩狠狠咬牙，但是承受剛剛的熱量卻沒有受傷確實讓人震撼。

原本的持斧羅摩還另當別論，然而對現在這副受到病痛侵蝕的身體來說，這是負擔過重的敵人。

翻轉身體像貓一樣輕巧落地的黑天似乎很不滿地皺起眉頭。

從懸崖上往下跳的持斧羅摩在黑天正面降落，沒有抽回黑天身上細線所以被他拖著走的俄爾甫斯也千辛萬苦著地。

「……怎麼會這樣。沒想到俄爾甫斯背叛，連持斧羅摩這樣的賢者也背離命運。難道『Ouroboros』其實欠缺人望嗎？」

「哼……事到如今還說什麼。尊師最高神濕婆託付的命運，是要老身把『Astra』傳承給最後的化身迦爾吉，什麼『**Nano Machine**』老身才不管！」

「我也不算是背叛，只是覺得身為前輩有義務給予年輕人時間。如果有辦法不必扛起原罪就能解決問題，當然是那樣做會比較好——而且，對於你是不是真的黑天……也越來越讓人懷疑。」

黑天挑起一邊眉毛。

俄爾甫斯露出輕浮的笑容，回顧先前的話題。

「根據你和逆廻十六夜的對話，你好像和還是最強軍神的因陀羅交過手？而且還說那件事讓你結識了友人阿周那？」

「……這些話又怎麼了？」

「哎呀，這段故事很奇怪吧。信仰神王因陀羅的雅利安人是在西元前一五〇〇年之後才開始大遷徙，相較之下，阿周那出身的時代應該是土著和移民真正開始民族合併的西元前一〇〇〇年——咦？**時代對不上**耶，奸計的英傑大人？」

你至少要記住故事的的設定啊，過去的詩人如此挑釁。

聽到這番話，黑天第一次表露出感情。

持斧羅摩看著那像是憤怒也像是輕蔑的表情，也舉起手搭在下巴上並展開追擊。

「老身也覺得很不可思議。老身曾經聽過關於黑天這個偉大**神靈**的傳聞，但是**卻從來沒有聽弟子們提到過**叫作黑天的**英傑**。」

「喔喔！得到當時人物的證言了！很棒的支援攻擊！好啦，基於這些前提，我要再問你一次——」

俄爾甫斯收起輕浮的笑容，重新提問。

「你……到底是誰？不是真正的黑天神吧？甚至不惜引起歷史的悖論，你究竟有什麼企圖？」

「————」

先前的感情已經從黑天的臉上完全消失。

明明還是同樣的長相卻讓人覺得看起來很像能劇的面具，或許是這男子的本質造成的印象。

在甚至使人聯想到機械的無感情臉孔上**製造出**笑容後——黑天把嘴咧開到最大並露出牙

齒，吹起猛烈的黑風。

「我忘了，你不是普通的俄爾甫斯，而是經歷過反烏托邦戰爭的俄爾甫斯。對於他國文化圈的造詣，還有小聰明真是無人能出其右。」

「對啊，我是不當詩人，在結婚之後反而比較享受人生的怪胎。雖然層級降低，但自認見識更加拓展……也被說是更有人性了。」

面對肆虐的黑風，兩人做好準備。

黑天的氣勢和先前顯然不同，釋放出帶有邪氣的靈格。

至少在史詩《摩訶婆羅多》裡，並沒有出現過黑天能操控黑風的傳說。

在他之前強占赫拉克勒斯的肉體時，俄爾甫斯已經對這個神祕怪物產生懷疑。

「意思是你已經不打算隱藏真實身分了嗎？你的目的是什麼？箱庭和外界的霸權？還是毀滅？」

「是救濟。我擁有想要拯救世界的意志，因此我們才會創立『Ouroboros』。」

這句話聽起來不像是在說謊，甚至俄爾甫斯反而覺得只有這句話值得相信。

「你們還有應負的任務，剛才的 Astra 也很了不起。果然還是那個無名少女比較適合擔任活祭品，希望你們不要來礙事。」

「拒絕。」

「同上。如果你不管怎麼樣都想闖過，就先打昏我們吧！」

沒有叫對方殺了自己再走的發言雖然很有俄爾甫斯的風格，但他的眼中沒有笑意。持斧羅摩已經接近極限，不過實力大概還是有俄爾甫斯的三倍。在這個狀況下，毫無疑問是可靠的同伴。

兩人並不清楚十六夜和焰會用何種手段來實行替代方案。

然而無論有什麼樣的命運在等待，都希望他們竭盡全力挑戰命運。因為如果沒能耗盡所有心力卻要扛著一切活下去——那對兄弟必須對抗的事物未免過於沉重。

「是嗎，那就沒辦法了。雖然這樣做真的很可惜——」

黑風沿著海岸肆虐。

從赫拉克勒斯全身溢出的黑風就像是一條蛇，捲起漩渦並發出嘶吼。

「——赫拉克勒斯的肉體，麻煩你暫時擔任他們的對手吧。」

「糟了——！」

黑風往外擴散，覆蓋整個視野。沿著兩人之間的空檔鑽出後，一直線吹往十六夜他們逃進的森林。

這出乎意料的事態讓俄爾甫斯慌亂大吼：

「這……這是意外的發展！沒想到對方會捨棄好不容易取得的赫拉克勒斯的肉體！」

「現在是慌張的時候嗎！先好好看清楚前面！」

俄爾甫斯猛然回神，拳壓甚至能擊碎山河的拳頭已經逼近他的眼前。雖說外表變回少年，這拳頭還是可以殺掉俄爾甫斯七次還有剩。

用雙手編起成束細線作為緩衝材料的俄爾甫斯勉強把拳頭往右邊順勢帶開，拳壓卻把斷崖絕壁劈成兩半，直接擊中位於七里外的山脈地下岩盤。

要不是使用了以涅墨亞獅子的毛織成的線，想必瞬間就會被打斷。

「真是夠了！這怪力也太誇張！原來他從小就是這種怪物啊！」

「看來正是如此。赫拉克勒斯是擁有和巨神同等的怪力，連天生神靈都可以打倒的大英傑。以如今這種狀況來推論，幼年期想必活得很辛苦吧，難怪會接連發生教師意外死亡的事故。」

赫拉克勒斯是希臘神群最強——或是稱為歐洲圈最強也不為過的英傑。畢竟這個英傑連面對神靈與真正的巨人族時都能夠與之抗衡。正如傳說敘述，他不是凡夫俗子。

不過現在他的亞麻色頭髮被染成發出暗色光芒的黑。

已經看不出亞麻色頭髮秀麗少年的原本面貌。看到赫拉克勒斯取出巨大的戰鬥用棍棒，俄爾甫斯的嘴角不由自主地抽動。

「嗚……雖說這傢伙送走星弓還有變年輕都算是我們賺到，但是只靠我和身為病人的妳根本無法對抗。」

「我們只是要爭取時間。就算有病在身，也只能拚死一搏。老身很期待你的表現啊，文雅男。」

持斧羅摩嘴上開著玩笑，雙眼卻看向遠方。

不管怎麼樣，他們只能爭取到短暫時間。先前靠著對話與考察來成功拖延住對方一會兒，否則原本恐怕連這一小段空檔都難以取得。

接下來只能賭在那兩人身上。

看著森林另一邊的眼裡回想起數天前的戰鬥。

——「你敢說這個女孩的犧牲，對於人類的生存是必要之事嗎！」

在蕭瑟雨水傾瀉而下的那天晚上，持斧羅摩偶然講出的這句話。她質問十六夜，這條生命和這個犧牲是否有意義。

……然而讓人不甘的是，這個犧牲似乎真有意義。只是持斧羅摩見證到的女孩過去實在過於殘酷，讓她無法就此接受。

少女的過去充滿悲慘的傷痕，甚至連身為殺戮賢者的她都希望少女能夠得救。

（小童們，老身不問是非也不問對錯——但是至少，你們要竭盡全力。如果是竭盡全力後得到的結果，老身就收起怒火接受一切吧。）

好了，首先必須排除眼前的武之化身。

持斧羅摩拿出染血戰斧，調整呼吸。

擁有「英雄殺手」別號的廢滅之人，決心對抗眼前的怪物。

第八章

Last Embryo

由於今天是新月之夜，森林被黑暗籠罩，伸手不見五指。

颼颼吹過的夜風讓雲層加速流動，星光也變得稀疏。

或許有強大的暴風雨正在靠近，這種風會讓人想像出那種可能。

從搖曳樹影的另一頭傳來打破夜晚寂靜的動物低吼，鳥兒依賴星光飛向天空，逃離狂奔的十六夜。

逃了大約十分鐘之後。

來到遠方山麓的十六夜躲進一間似乎是獵人用小屋的建築物裡。

他點起火取暖，讓白化症少女睡在小屋裡唯一一張的床上。

另一方面，西鄉焰抱著膝蓋在火堆前面睡著了，還發出似乎很痛苦的呼吸聲。

他的精神應該承受了很大的負擔吧。十六夜也想讓他繼續睡，但是現在真的沒有時間。

總算緩和過來的十六夜向躺在正對面的焰開口說道：

「你也差不多該起來了，弟弟。」

「……我已經起來了，親哥哥。」

親哥哥……被這樣稱呼的十六夜無奈地搖搖頭。

雖然十六夜沒有刻意隱瞞，但是如果可能的話，他希望焰在可以更理性對應的時期才得知這件事。

「我就覺得你的態度有點奇怪，果然已經知道了嗎——誰告訴你的？」

「是粒子體研究的負責人告訴我的，對方說你的血液樣本成了我們研究的基礎。」

……嗯？十六夜頭上冒出大量問號。

「我的血液樣本？那是啥啊？那樣一來，等於我是粒子體的受試者嗎？」

「嗯，雖然成因是人體受精，不過我們基本上應該和這些白化症少女同樣是受試者。我的假設是我們在胎兒時期就被注入粒子體的原典然後長大。」

「……**我們**？」

「嗯，**我們**。」

從愛德華研發部長那裡聽說父親的研究後，焰立刻調查了自己的身體。雖然並沒有在血液裡發現粒子體，但是他的心臟裡卻被嵌入和「原典（Origin）」極為近似的複製品。

也就是處於只要讓粒子進入血中，隨時可以讓細胞內的粒子體醒來的狀態。

「知道這件事後，我忍不住因為老爸的不人道行徑而抓狂。覺得就算是和永動機有關的粒子體研究，應該也沒有必要做到這種地步，他到底把人命當成什麼？」

「……是嗎，所以你才會特地打電話問我嗎？」

「嗯，我想和成長過程比較普通的自己不同，十六哥的話搞不好已經知道實驗體的真相，所以很想確認一下……確認你恨不恨老爸跟母親。」

原來如此啊……十六夜以活像是局外人的態度喃喃回應，往火堆裡加了些柴薪。

從客觀角度來看，逆廻十六夜是遭到瘋狂科學家父親改造的實驗體。

對於自幼就擁有和常人不同的力量，也一直認真面對這力量的十六夜來說，應該有充分理由懷恨在心。

然而十六夜雖然容易激動，卻自豪人生與憎恨無緣。

甚至還認為現在才知道很好。由於這方面不是他的專長所以從來沒聯想過，但是加上這個要素後，再去回憶往事會發現其實很多事情都互有關聯。

這一定就是讓十六夜肩負起打倒「人類最終考驗」這使命的原因。

「粒子體的實驗體……嗎？到了事實關係已經釐清的現在，還去恨老爸其實並不合理。被放在天秤兩端的東西是我和所有人類，當然是我有一點點不利。反而身為人子，是不是該體諒一下老爸的沉重壓力呢？」

「……**你說體諒**？體諒那個拿自己兒子做實驗的不人道父親？」

焰稍微抬起一直看向下方的雙眼，瞪向十六夜。

他的眼裡有一層淚光。

一個才剛滿十五歲的少年連續直接承受這麼多真相，就算是曾經在各種壓力下拚死努力的焰，心理狀態到達極限也是無可奈何的事情吧。

然而十六夜卻無視他的淚水，以輕鬆態度回答焰的疑問。

「你應該有看過老爸在研究粒子體前寫的論文吧？也不知道他是哪根筋不對勁，居然真的把『身心健全的富裕國家』作為目標耶。而且最後的總結還宣稱想以日本作為最新的典型案例，並在未來建立起讓所有國家都能套用能源轉換技術的形式。真不知道該說他是腦袋有問題還是活菩薩般好心或者要吐嘈他該多一點愛國心……總之，怎麼說才好？我們身為兒子……對於像**那種人**必須把自己小孩當成實驗體的痛苦，不是應該體諒一下嗎？」

「……嗚！」

事實上，十六夜完全不憎恨自己的父母。

有些事物正是因為他擁有這副身體才能守住。

也正是因為擁有這副身體，他才能堅持自我活到現在。

對十六夜來說，對雙親懷恨的行為才叫作不合理。

而且，逆迴十六夜並沒有關於家人的記憶。基本上他根本沒有得到那樣的時間。

十六夜才剛出生，立刻被金絲雀等人綁架。

根據後來聽說的消息，金絲雀說不定是誤以為十六夜是體內天生宿有「星辰粒子體」的人物。

也有可能是實際情況和金絲雀等人在反烏托邦戰爭中得知的命運**有什麼重大的偏差**。

這些全都是只有死者才清楚的事情……然而只有這一點可以斷言。

十六夜絕對不是僅僅因為暴虐無道的思想，就被捲入了命運之中。

他可以確定，是受到無數苦惱與惡行苛責的先人們──**依舊絕不放棄**並相信最佳未來且展開行動的結果，造成了現在的逆迴十六夜。

「所以……老爸的人體實驗與白化症患者這件事是兩回事。我相信老爸他們被殺害的原因必定是起因於意見衝突，關於這部分，西鄉焰應該沒有必要扛起。」

「……哼，像這樣對周圍如此寬容放縱的行為，真的很有十六哥的風格呢。」

焰擦了擦眼睛，稍稍抬起頭。

儘管還帶有一些鬧彆扭的神色，不過光是願意抬起頭已是萬幸。

在進入正題之前，十六夜先聳了聳肩露出挖苦笑容。

「沒錯，我的興趣就是完全活用自己的高性能肉體和頭腦來寬待周圍的人，你之前不知道嗎？」

「我知道啊，十六哥總是很溫柔──不，不對。你總是會對**弱勢族群**，還有在社會上處於弱勢立場的人們特別溫柔。只有對那種無法獨立站起的人，你會無條件給予溫柔。也就是因為這樣，你才會去幫助黑兔已經窮途末路的共同體吧？」

被焰這樣指出，十六夜一時語塞。雖然他有自覺，但是被人這樣當面揭發倒是挺讓人難為情。這話題以後還是避開吧。

另一方面，焰把頭髮往上抓，嘆了口氣後無力地笑了。

「就是因為我都懂，現在才會不知道該怎麼開口。如果我講出能打破現狀的方法，十六哥你一定會點頭。」

「……哦？」

十六夜把身體往前探，收起笑容。

討論正題的替代方案——不必犧牲白化症少女們的方法，在焰的腦中似乎已經整合完畢。

「不愧是我弟弟，立刻讓我聽聽那個替代方案吧。」

「別催，在那之前我有些事情想問……十六哥對先前的話題有什麼想法？」

「你指哪個話題？」

「就是環境控制塔和超普林尼式火山噴發。不，我也知道那應該是事實。但是要完成粒子體，在世界各地建造環境控制塔，還要讓粒子體散布到星球全體……你真的覺得有辦法在短短十五年內完成所有一切嗎？」

「……嗯，如果只是要建塔，應該還有可能吧。不過前提是要如同黑天所說，先做好付出一切犧牲的心理準備。」

十六夜率直地表示意見。沒錯，如果**只是**要建造環境控制塔，確實有可能達成。

問題是在過程中會發生的衝突和犧牲。為了盡可能減輕那些負擔，建塔必定會成為不可缺少各種世界性支援的超大型事業。

「雖然對希臘圈的人很抱歉……但是對粒子體研究來說，目前的權威是必要值的最低限度。就算總有一天會揪出主謀，也要等到拯救世界之後。」

「也就是想把一切都攤到陽光下也要講求順序嗎？那麼，粒子體那邊呢？」

「那邊根本糟透了。如果用普通的方法，粒子體研究完全趕不上十五年的期限。」

「……不可能縮短時間嗎？」

「就是為了讓時間縮短才要進行**人體實驗**，而且還必須**消費**更多生命。」

聽到焰帶著怒氣的回答，十六夜閉上了嘴。

他立刻明白自己的理解還不夠深入。

「……原來如此，意思是這個白化症少女還不夠。」

「嗯，必須重複進行臨床實驗。我想那個叫黑天的傢伙之所以那麼焦急，一定是因為這女孩是少數的成功案例，或者是第一個成功案例。」

「下一次實驗要以這個白化症少女作為基礎，進行不同的人體實驗。然後用抽出的粒子體來引起事件，讓焰去回收，謀求推動研究進步與提升權威。」

「接下來只要不斷重複這個過程，總有一天可以完成粒子體——這個混帳循環真是精巧到讓人火大，待在研究最前線的我完全是遭到操控。」

因為太不甘心，焰反而只能乾笑。看這狀況，「Everything Company」裡肯定有清楚焰研究狀況的間諜。

可是如此一來，問題就是至今都被焰認定為敵人的另一方。

「那傢伙有說過吧？有國際機構涉入『天之牡牛』事件……換句話說，有國際機構只是為了讓我的研究變得有名就去傷害了好幾萬人。」

「……是啊。」

焰用雙手把頭髮整個往上抓，然後蓋住臉孔。

讓他受到最大衝擊的真相正是這部分吧。焰自己之前還那麼有氣勢地對愛德華研發部長說了大話，沒想到居然有國際機構牽涉其中。

然而就算有哪個國際機構事先察知世界性的超普林尼式火山噴發，當然也不可能公開。這消息毫無疑問會引起世界恐慌，也是無須嘗試就顯而易見的結果。

但是——**那方面**跟**這方面**是兩回事。

絕對不可以容許那種為了拯救人類而去傷害無辜人們的行為。

原來真相的黑暗，藏在遠遠超乎焰預想的更深處。

「那傢伙說過這女孩是『絕對惡』的幼苗之一，我也是那樣認為。就算用這種方式拯救了世界，這份原罪總有一天會對人類的未來帶來危機。正因為是迎接新時代的第一步，我們必須以正確的形式來贏得勝利。」

「…………」

十六夜看著床上臉頰泛紅依舊沉睡的白化症少女。

黑天宣稱她是成長為「絕對惡」的幼苗之一。但是所謂的幼苗，其實並非單指她一個人吧。人類為了生存的必要原罪之集聚體。

失控的掌權者和失控的被害者們。

當雙方造成的惡意循環長期累積增大時，「絕對惡」的化身將會顯現，最後的魔王也會甦醒吧。

「……遲早有一天會滅亡，或是十五年後就滅亡……一定只有這點差別。」

「也就是多重壞結局系統嗎？說人生 online 是垃圾遊戲的評論真是名言。」

「別開玩笑了，你明白事情的嚴重性嗎？」

「我知道……雖然只有抓到重點，但我已經理解大致上的情況。」

還有，也理解焰為什麼無法講出解決方案的理由。

十六夜原本覺得彼此並不相像，但是或許在關鍵部分兩人果然是兄弟。

他放鬆險峻的表情，用一隻手撐起下巴。

「讓實驗體不要繼續增加的方法。哎呀～仔細想想，其實很單純呢。簡而言之——只要把我這個成功案例拿去當成研究材料就行了，是這麼回事吧？」

「不對，是把**我們**拿去研究才對。」

焰用眼神表示，事到如今當然要生死與共。

十六夜心想自己的弟弟真是講情重義，另一方面也認同「與其成為實驗的加害者，不如選擇成為當事者」的行動確實很有這少年的風格。

「真是的，看你講得煞有介事，害我以為是什麼嚴重的事情。明明沒有時間了，我的弟弟居然還這麼愛拐彎抹角。」

「我的神經還沒有粗到能在這種狀況下繼續談笑風生。倒是十六哥你真的願意嗎？你有一段時間必須多次來回箱庭和我們的世界喔。」

那樣會帶來風險，卻沒有任何利益。如果說有什麼報酬，大概也只能夠對自己相信是正確的事物感到自豪吧。

所以焰詢問十六夜真的可以嗎。

十六夜雖然沒有立刻回答，卻也沒有改變表情，只是把視線轉向旁邊沉睡著的少女。對方的臉頰依然泛紅，意識也還沒恢復，不過呼吸已經比今天早上平穩。足可證明焰做出了正確的處置。

眼前這個似乎隨時會失去生命的少女，和擁有強大力量的逆迴十六夜。

十六夜忍不住苦笑，明明兩人同樣都是實驗體，卻有著差距相當大的結果。

今天早上——這少女說過「她不想死」。

少女在朦朧的意識中，只是不斷拚命訴說自己不想死的願望。

沒有父親也沒有母親，和世上任何人都非親非故的她下意識求救的對象就是十六夜。

——「救救我」。

年幼雙眼裡含著淚水，哀求般地擠出話語。在不知道可以依靠誰的黑暗中，她抓住偶然碰觸到的手指，竭盡全力地如此吶喊。

少女的小手緊緊抓住垂進地獄裡的一根細絲。

明明可以甩開對方，十六夜卻選擇回握。

既然如此——那麼，他有義務回應這個願望。

「因為我才剛剛說過會救她，要是在必須決斷的此時此刻卻丟下她不管……會留下一輩子的悔恨。」

悔恨一輩子會造成和死亡同等的痛苦。與其要背負那種東西，完美拯救對方也能避免留下麻煩。

十六夜把手放到每次呼吸都會痛苦喘氣的少女頭上——

——這時，幼小的身體突然開始升起蒸騰熱氣。

「嗚……！」

突如其來的狀況讓兩人嚇了一跳，然而事情尚未結束。

白化症少女的白色皮膚開始發光，心臟猛烈跳動，就像是要把聲音傳遍整個森林。原本躺著的焰急忙起身，觸摸少女的手。

他察覺到異變，咬牙切齒地大叫：

「實驗品熔毀……！怎麼可能！我明明把 B.D.A 拆了！」

「但是你只有拆除外部的儀器吧！有沒有可能埋藏在體內？」

「有是有，可是做到這種地步的理由又是什麼！」

「多的是理由！既然沒辦法拿來實驗就把證據銷毀，這不是基本中的基本嗎！」

焰倒吸一口氣，同時也理解黑天那句話的意思。

──「**沒有時間了**」。

那句話其實是指利用熔毀來銷毀證據的時間。

只要身為「星辰粒子體」宿主的白化症少女們死亡，就能夠阻止粒子的超運作。但是萬一被她們活著逃走，那麼至少要避免權威減弱，所以自動開始用來銷毀證據的實驗品熔毀。他們真的是分秒必爭。

因為那些人很清楚一旦重要的實驗體化為光消失，人類的未來將會有危險。

「可……可是……居然不惜做到這種地步嗎！那些噁心的混帳……！」

「以後有時間，要我陪你咒罵多久都行！現在要先處理狀況！沒有什麼可以做的事情嗎！」

即使握住少女的手，也無法感覺到熱度。毫無疑問，這是「星辰粒子體」引起的模擬發光。

然而焰的腦中並沒有浮現出能阻止熔毀的手段。因為 B.D.A 的研究尚未完成，他也並未擁有所有資料。

十六夜抓住焰的腦袋，用冷靜的聲音開口勸導，想讓他恢復沉著。

「你先冷靜下來。這是奈米機器超加速引發的現象吧？那麼要怎麼做才能讓加速減退？」

「……不可能減退。最快的方法是抽走血液。只能把在體內加速的粒子抽離或是消耗掉，但是必須抽走會致死的血液量。」

「好，那麼我們就往消耗這方向推論，可以瞬間消耗掉粒子又不引起熔毀的方法是？」

在發光現象越來越強烈的狀況下，十六夜極為冷靜地按順序向焰提問。就是這樣讓焰總算鎮定下來吧。

他用力深呼吸，把手抵在下巴上開始動腦。

滿臉苦澀也快把嘴唇都咬破的焰從恩賜卡中取出之前白化症少女手上的手銬 B.D.A。

接著把能伸縮的手套型 B.D.A 丟給十六夜，接下的十六夜不解地歪了歪頭。

「這是？」

「血中粒子加速器，能讓體內的粒子等速循環的東西。一旦使用，最後會讓粒子超越物質界的極限——『一秒的定義』，並在體內開始超流動。所以現在是要由我們來使用這個，把這女孩體內的粒子瞬間消耗掉。」

所謂「一秒的定義」雖然是一種能夠被賦予各式各樣定義的領域，然而在粒子體研究裡，主要是可以置換成被使用在時鐘上的 32.768kHz 頻率。

這個頻率是指石英鐘為了量測一秒而使用的振盪次數，也是安裝在時鐘裡的石英接收到電磁波時會發生的振盪次數。

目前已經判明「星辰粒子體」會對這個「一秒的定義(32.768kHz)」做出反應，在作為寄生對象的生物體內，以等速沿著體內路徑循環約三十三萬次。這個驚異的性質，正是讓「星辰粒子體」能夠不受一次、二次能源限制，以第三能源媒體發揮機能的習性。

超越光線傳播定律的時間概念，驅使新的「一秒的定義」來進行的等速運動——這就是星辰粒子體被稱為「能夠讓顯現迅子(Tachyon)與乙太(Ether)時所必須的多元動量能夠在物質界中被觀測到」的「第三類永動機」的由來。

「和其他實驗體相比，從胎兒時期就宿有『星辰粒子體』的十六哥和我體內的血液路徑應該比較發達。只要使用B.D.A，把我們當成外接的加速器……」

「就能瞬間消耗掉少女體內的粒子嗎……萬一失敗了？」

「當然，我們也會陪著她一起熔毀。」

左手戴上B.D.A的焰冒著冷汗握住少女的手。

右手戴上B.D.A的十六夜以打心底感到愉快的態度握住少女的手。

「那真是有趣的發展，讓人沉醉啊混帳——順便問一下，如果成功會怎麼樣？」

「不知道，畢竟直到現在都不曾出現過成功案例。說不定會造成類似『天之牡牛』的玩意兒，也有可能會產生別的什麼東西。我唯一能說的只有——」

焰講到這邊，突然閉上嘴。B.D.A雖然不是武器，但那是受試者只擁有平凡才能的情況。

如果十六夜的肉體適合率遠高於上次的 E.R.A 實驗結果，B.D.A 有可能成為最強的武器。西鄉焰統計粒子體的所有情報，假設出 B.D.A 正常發揮功能的狀況，因為自己導出的結果而微微發抖。

「大概會得到連過去的十六哥也完全無法與之相較的……**爆發性力量**。」

十六夜驚訝得瞪大雙眼，焰本身也因為這事實而屏住呼吸。

就算是現在，十六夜也擁有足以動搖星辰的力量。不過那是源自從星之胎盤發現的第三類永動機的「原典（Origin）」，並未處於加速狀態，換句話說真的只是表層的力量。

星辰產生出的祕寶如果和人類的睿智結合——究竟會發揮出多大的力量呢？

這樣做，是不是會造成足以毀滅世界的力量在此顯現？

（嗚……）

三頭之龍在西鄉焰心中發出嗤嗤笑聲。

質疑他——「這個裁決是正確的嗎」？

然而這笑聲反而讓焰下定決心。

「我們動手吧，十六哥。」

「……真的可以嗎？」

「嗯。因為我……比任何人都相信十六哥的正派……！」

「Blood Accelerator」——啟動。

然後，他們的視界被光芒籠罩——

＊

他夢見世界燃燒的光景。

這絕非一種比喻。

甚至連天空都被城市裡熊熊燃燒的烈火給烤得焦黑，青雲也被染成黑煙。

延燒七天七夜沒有熄滅的火焰不僅沒有因為住在此地的人們而滿足，甚至還吞噬了無人的廢墟，繼續往外擴散。

在烏雲中發光的閃電擊中山河，打碎水壩的圍牆製造出濁流。龐大到無法控制的水流立刻讓河川氾濫，將城市逐漸淹沒。從山上洶湧而至的激流毫不留情地吞沒民宅，求救的呼喊聲只能自水面上消失。

大地因為連續不斷的地震而出現裂痕，以人工混凝土搭建的灰色市街輕而易舉地失去都市機能。

即使有災害大國已做了防備，也只能保住外觀。沿著建築物拉起的維生命脈（Lifeline）很快被切斷，世界第一的巨大城市淪為灰色的巨塔群。

這是地獄繪圖——沒錯，是描繪出地獄的畫像。

這幅光景的確夠格被稱為地獄的街巷。

失去雙親的幼兒們一邊哭叫一邊尋找父母，卻沒有出現回應他們呼喚的人物，只能因為皮膚被燒黑而滾地痛苦掙扎慢慢死去。

眼淚在落地之前就已經被高熱蒸發，鮮血在滴下的同時從紅色轉變成黑色。

陷入恐慌狀態的人們爭先恐後地逃走，卻被其他逃走的人擠壓踐踏而失去性命。

在極限狀態下顯露出的個人本位意識下，沒有讓博愛精神萌芽的多餘空間。

人類尊嚴遭到剝奪的這些人，看起來就宛如試圖逃離災害的大群野獸。

「————」

不經意望向天空後。

可以看到被黑煙籠罩的雲海宛如生物般捲起漩渦，雷鳴彷彿是偶蹄類的嘶吼。舉蹄翻攪大氣的那個模樣，的確夠格被比喻為在天空中奔馳的牡牛。

然而——現身於這座崩壞都市裡的超獸，並非只有這一隻。

在烏雲中蠢動的偶蹄之王。

望著牠呵呵大笑的死眼巨人。

以八顆頭掀起狂風大浪的龍王。

金毛隨風飄揚卻慚愧低著頭的猿神（哈奴曼）。

在煙塵的另一端，有更多魔王發出咆哮蹂躪人界。

光是出現一隻恐怕就足以危及人類歷史的最強魔王們，正齊聚一堂燒燬世界。

這不是地獄的景象又是什麼呢？

作為災厄化身的魔王們應該會如同風暴、如同海嘯、如同雷雨那般，對世上一切毫無區別地露出獠牙吧。

人類毫無希望，在每個人都只能低頭喪氣的地獄岔路上，只有一人——不。

只有一隻對著天空強而有力地大吼：「**沒有這回事。**」

「——……！」

甚至直達天際的主張讓魔王們停止吼叫。

無論是呵呵嘲笑的巨人，蠢動的偶蹄之王，還是慚愧低頭的猿神，都帶著各式各樣的感情把視線朝向聲音的來源。

對這場滅亡提出強烈「否定」意見的，是外表為異形之龍的魔王。

三顆頭的魔龍——三頭龍以彷彿融化血液而成的紅玉眼眸凝視西鄉焰。

「——————」

明明身處夢境，他卻產生一種很不可思議的感覺。

在熊熊燃燒的灼熱地獄中，三頭龍毫無疑問是在對「西鄉焰」表現出愉悅的感情。紅玉之眼徹底無視正在瓦解的文明都市。

三顆頭和六隻眼睛都專注在西鄉焰身上的三頭龍對著他宣告神諭。

「拜火之子啊，你終於把吾之勇者帶來命運的入口。」

——命運……三頭之龍口中的命運是指地獄之窯的真相嗎？

——不，焰基於本能搖頭否定。三頭之龍過去曾對焰這樣說過。

——要他解開「不共戴天（世界之敵）」之謎。

「沒錯。吾之勇者要挑戰的是『不共戴天』，而非那些沉眠於地獄之窯的野獸。挑戰那些終末之獸是你和你的同伴的宿業。」

「不共戴天」——毀滅人類的最後要因。既然人類已經消滅自身以外的所有外敵，最後必須正面迎戰的只有人類的惡性本身。

「你所建立的巨塔正是證據之巨塔，證明人類已經習得那顆星球產出的所有概念。此後，人類歌頌萬能的時代將會到來，最後的魔王也會揚起旗幟。」

其名正是「Last Embryo」。

意思是以人類的惡性作為**食糧**成長，孕育出最後魔王的胎盤。

「沒錯。你們保護的女孩正是成長為最後魔王的幼苗之一。只有被所有人類蔑視的那些生命，擁有把所為人類視為對象展開復仇的**正統**權利。」

開什麼玩笑！焰發出不成聲的怒吼。

因為是被所有人類蔑視的生命，所以會誕生出有權利對所有人類展開復仇的個人。焰可以退一百兆步覺得那不要緊，也可以理解該個人的主張。

但是——西鄉焰就是**為了避免發生那種狀況**而努力至今。

在決定要參與粒子體研究的三年前，自己講出的第一句話。在接觸將會改變世界形態的研究時，自己立下的誓言……焰現在仍舊記憶鮮明。

人類一直在歷史中爭奪食糧，爭奪能收穫作物的領土，爭奪用來開墾的生命。到了現代，甚至還為了能源爭奪小小的海域。

只要第三類永動機可以確立，那麼長年以來的爭奪將會得到一個解決。要是太空探索變得有可能達成，說不定連追求領土的紛爭都能夠緩和。

人類的夢想，人類的未來，人類從星之胎盤取出的最後可能性（孩子）。

從胎盤汲取事物的負責人隨著時代更迭，這個情感(pathos)偶然輪到了西鄉焰手中。人類未來綿延至今，其趨勢現在被託付到他身上。

「所以——永動機的研發絕對不容許犧牲無辜的生命……！」

西鄉焰回瞪六顆紅玉之瞳，推翻這場紅色夢境的法則發出聲音。

眼裡流下的淚水是激憤，是對犧牲者的憐憫，也是源自於沒能防止犧牲而導致的自身無用感。

據說這魔王提到的「絕對惡」總有一天會被打倒。

但是如果其幼苗就在眼前，那麼，應該要**現在**就動手打倒。

紅玉之瞳回瞪焰的雙眼，抖著喉嚨像是在發出嘲笑。

「愚蠢。人類的存續，所有人類的生命。即使面對那份原罪，你還是堅持要緊握人類的意氣(尊嚴)，對著命運怒吼嗎？」

「沒錯，人類有著意氣。就是那些堅持至今的意氣和自尊，造就了現今的時代。所以我還有十六哥都絕對不會屈服於『絕對惡(你)』的花言巧語之下……！」

不治之症會永遠不治嗎？

從未被人踏入的地方，會永遠都無人踏入嗎？

答案是「否」。

人類歷史無論何時都持續揮拳抵抗被笑為不可能的命運，才走到今日此時。逐漸失去熱情的現代人也只是快要遺忘那個方法。在被迫做出極限選擇時，如果人類總是以極限作為理由屈膝妥協，恐怕早已滅亡。

倘若命運是由世界的負載容量產生——那麼也只要憑藉靈魂的熱量，舉起拳頭揮向那份負載容量。

紅色布料製成的旗幟抓住西鄉焰，讓利爪深深陷入他體內並將他拉近。

宣告神諭的三頭龍扯斷西鄉焰的身體，咬碎咀嚼。

在西鄉焰被魔王的五臟六腑吸收的過程中——三頭龍授予最後的神諭。

「——星辰（命運）在此已定。吾之化身（Avatar）啊，現在背負起吾之嶄新旗幟吧。」

化為颶颶狂風的黑天發現放出光芒的山麓，於是改變自己的前進方向。森林裡變得更加嘈雜，動物們察覺到動靜，頭也不回地逃離此地。

看樣子是實驗體少女已經開始熔毀，黑天動腦思索。在他們逃走時，至此的發展可以算是一種應發生也確實發生的事態，但接下來才是問題。一旦實驗體少女無法使用，就必須奪走西鄉焰或逆迴十六夜其中一人的性命。

兩人對地獄之窯還理解不深。

真正必要的東西是屍體。

然而看他們先前的態度，即使說明也不可能願意接受。

黑天在風中狠狠咂嘴。

（只能讓兩人之一死去。這樣一來，人選應該是西鄉焰吧。）

逆迴十六夜和持斧羅摩都有該履行的職責。

西鄉焰原本只是逆迴十六夜的備用品。是在判斷出逆迴十六夜有可能被召喚到箱庭的階段，為了修正歷史而誕生的異常。

既然情況已經棘手到這種地步，用他的肉體來填補缺口是理所當然的結論。

然後逆迴十六夜就會取代他參與粒子體的研究。從修正歷史的角度來看，或許算是成為合理的發展。

黑天凶猛地揚起嘴角，讓黑風往前竄。他化為吞噬光芒的魔物，頭也不回地衝過森林，朝著星辰（Astral）放出的光輝而去。

然而此時——一陣燦爛光亮之風吹過，像是要攪亂他的漆黑身軀。

「……！」

雖然只有一瞬間，但黑風遭到驅散，森林裡的樹木被妝點上宛如陽光撒落時的美麗光彩。

終極之光——那正是能夠如此比喻的光景。比陽光更加璀璨生輝，比月光更加潔白眩目，燦爛到能夠以星辰之光來作為比喻。

光芒照出黑風深處的人影後，黑天立刻以逼人的氣勢遮住臉孔再度讓黑風環繞全身。他並不確定到底發生了什麼事，不過已經掌握成為光源的地點。

黑天一直線衝向光源所在的山腳小屋。

到達山腳小屋後，他因為出乎意料的現場景象而眯起雙眼。

黑天事先就知道少女會死於用來銷毀證據而準備的粒子。從十六夜和焰帶走少女的那一刻起，這結果應該已經成為既定的未來。

然而現在，他眼前卻可以看到一名安穩沉睡的少女和坐在椅子上的少年。

「…………」

不明白發生什麼事的黑天以懷疑態度窺視情況。

明明此刻是擄走兩人的絕好機會，他卻無法行動。因為當黑天確認實驗體熔毀造成的模擬發光現象時，他已經打定主意要使用西鄉焰作為預備的實驗體。

可是眼前卻出現不但沒有熔毀，而且還安穩沉睡的白化症少女。

（……雖然無法理解，不過也不要緊。預視未來的能力在箱庭有時候會無法正常運作，這次只不過是多發生了幾次偶然。）

他讓黑風吹向眼前的兩人。沒有發生熔毀算是幸運，不過拯救人類需要的是屍體。

黑風形成許多圓月輪（Chakram），藏進樹木陰影中包圍兩人。

當圓月輪無聲無息地一口氣射向兩人時，西鄉焰突然開口：

「——無謂的奸計就省了吧，**違約的英傑**。」

他的聲調和先前明顯不同。

所有的風刃都悉數被西鄉焰身上延伸出的影子擋下。

黑天這次表現出明確的驚嘆反應，不過西鄉焰並沒有回頭，而是直接說道：

「現在的我心情很好，多少的敵對行為也可以不予追究。我的化身（Avatar）並未察覺你的真正身分，這場不入流的猴戲接下來才是高潮吧？……但是，如果你繼續做出敵對行動……」

黑天沒有讓西鄉焔把話說完，搶先在手上製造出由黑風構築而成的圓月輪。他打從一開始就不打算去考慮眼前的敵人到底是誰。

既然已經開戰，他的心就會變得如同冰刃般冷酷無情。

黑天以最快的動作丟出七個圓月輪，每一個都具備能劈山斷河破海的強大力量。

「Avatāra」的第八化身黑天。

他作為救世主思想的先驅降臨大地，一旦現身於世，在未來獲得拯救的那瞬間之前都不會停下腳步。

西鄉焔只把頭部往後轉——露出一對宛如鮮血融成的紅玉眼眸，帶著嗤笑說道：

「是嗎，**那麼你就死吧**。」

三顆頭的影子沿著大地往前延伸，把黑風的圓月輪一口氣咬碎。失去形狀的黑風威力媲美暴風，呼嘯著竄過森林。

黑天在此確定眼前的怪物不是西鄉焔。

而是披著西鄉焔外皮的**某種存在**。

察覺這事實後，黑天用右手搭起閃耀的箭矢，讓箭矢纏上黑雷後瞄準西鄉焔。

這是把白化症少女也牽連在內的皂白不分攻擊，就算這個少年想保護少女也與他無關。

西鄉焰面對從天而降的大量閃耀箭矢——

「……什麼！」

——突然出現在黑天眼前。他明白對方是以全力跳躍的訣竅來逼近自己，也十分清楚這速度非比尋常，但是不管怎麼樣，這狀況依舊過於異常。

被射出的箭矢才飛了只有指尖般的微小距離，就被西鄉焰輕鬆抓住。箭上明明纏有只要一碰到就會把敵人消滅殆盡，連細胞都不會剩下的強烈閃電，他卻咧嘴露齒而笑，彷彿完全不當成一回事。

「嗚——你這傢伙到底是誰！」

「哈！你應該很清楚吧，我的同類！」

在黑天因為略感混亂而拖慢了反應速度時，擁有紅玉眼眸的焰開始從全身放出甚至讓周圍空氣扭曲的熱量。

他的影子形成巨大三頭龍的剪影，瞪著黑天。

「如果對手只是違約的英傑，我不會甦醒。如果敵人只是『Ouroboros』的魔王，我也不會甦醒——但是，**你這傢伙出現的話就另當別論**。既然已成為敗北者的你使用新的附身對象，不知羞恥地留在舞台上，我也必須捨棄羞恥！」

西鄉焰抓住黑天的領口，把他丟向山麓。

以第三宇宙速度飛出的黑天即使猛烈衝擊大地也沒有減緩速度，就這樣直接撞穿了七座山脈。

焰用力握緊拳頭，縱身跳了一步追上，伸手一把抓住黑天的腦袋。

接著擁有紅玉眼眸的焰抓著黑天往前奔馳，讓他摩擦地面就像是要鑿開山腰。同時也開始在右手上聚集極焰。

看到那些極焰，黑天終於發現自己的性命有危險。

（嗚……不妙……！必須用「Astra」應戰才行……！）

以「Avatāra」身分顯現的黑天並未持有「模擬創星圖」。既然迦爾吉出現在現代，黑天就不是歷史的當事者，而是成為過去的偉人。

因此他無法使用救世的「模擬創星圖」。既然新時代已在待機，那東西就必須屬於身為最後化身的迦爾吉。

「嗚——閃耀吧，末世之星（Paśupati）……！」

他的靈格膨脹，右手出現鈍色的新星。

擁有紅玉眼眸的焰睜大雙眼像是看到什麼意外之物，同時咧嘴而笑。

竟敢在我面前僭稱末世之星……焰凶猛地擺出架勢——然後解放聚集在右手上的末世極焰「霸者之光輪（Khvarenah）」。

雙方的終焉極星相互衝突，吹散雲海，毀滅七個山頂後爆開消失。

＊

另一方面——在海邊痛苦跪下的持斧羅摩、持續苦戰的俄爾甫斯，還有失去自我的赫拉克勒斯都各自以不同的態度，被那道終極燦爛的光之風奪走視線。

從山麓穿過森林的閃耀之風瞬間越過民家，越過斷崖，越過海岸，把光芒送往水平線另一端之後才逐漸消失。在地上不可能看到閃耀的極光(Aurora)，只要是目睹那道終極之光的人們，全都停止思考和動作。

「……剛才的光是怎麼回事？」

身體開始熔毀的持斧羅摩壓著胸口，瞪著先前光芒的來源。然而她目前的對手卻沒有那麼好對付，當然不會放過這致命的破綻。

「等等，你快住手啊！赫拉克勒斯！」

黑色的獅子在岸邊奔馳。赫拉克勒斯甩著被染成黑色的頭髮往前衝刺，接著舉起手上那根據說曾擊裂大陸的戰鬥棍棒，攻擊持斧羅摩。

至今為止持斧羅摩都能勉強因應過去，然而這一次完全被乘虛而入。不管是要跳起來逃走還是要卸開棍勢讓他打向大地，都已經慢了一步。

當她正打算孤注一擲並準備接招的那瞬間——一道光芒從天而降，直接介入了兩人之間。

「嗚——！」

「等等別動手，廢滅者！別看我這樣，我可是來幫忙的，妳就安分待著別動。」
持斧羅摩拿起染血戰斧提高警戒。
然而逆迴十六夜的右手卻輕鬆穿過防禦，碰觸她的額頭。先前不斷悸動即將熔毀的身體慢慢恢復平靜。
然而讓她驚訝的並非這一點。
「小童……！你這傢伙剛才是怎麼出現的……！」
「企業機密，因為我和妳還沒分出勝負——不過現在應該要先對付這邊吧？」
十六夜握緊戰鬥棍棒。
他的視線前方是自我遭到剝奪的赫拉克勒斯。
「——————」
「嗯，看起來就是一副失了魂的樣子，大英傑。這是已經成了傀儡嗎？」
「對……對了！那個自稱黑天的傢伙去追你們了！你弟弟沒問題嗎！」
聽到俄爾甫斯的疑問，十六夜挑起一邊眉毛以咂嘴回應。這種態度顯然不是他平常的風格，或許是發生了什麼讓他感到不愉快的事情。
「……那邊沒問題，現在更要緊的是這傢伙。把你的線借給我，俄爾甫斯！」
十六夜躲開戰棒的追擊，從俄爾甫斯手上搶走一大把豎琴線。
解開細線的十六夜微微發光，同時繞到赫拉克勒斯的背後。

（好——好快！）

這速度快得非比尋常。即使是已經修得神域武技的持斧羅摩，對這一連串行動也完全無法做出反應。甚至連肉眼都無法追蹤的驚人速度讓她忍不住倒吸一口氣。

然而攻勢還沒有結束。十六夜把細線纏上赫拉克勒斯的脖子，接著就這樣利用離心力，開始甩著赫拉克勒斯轉圈。

「咕……啊……！」

應該已經失去自我的赫拉克勒斯第一次發出痛苦的呻吟。俄爾甫斯也憶起這是刀槍不入恩惠的弱點，趕緊出手提供支援，又追加了幾層細線。十六夜加快旋轉的速度——最後以第三宇宙速度把赫拉克勒斯丟向箱庭的大帷幕。

「你……你做什麼！為什麼把線放掉！這種程度的攻擊，赫拉克勒斯他……」

「不——這可不妙，快點退開！」

持斧羅摩注意到十六夜身上散發出的光波，因此察覺危機並縱身跳離現場。

十六夜舉起戴在右手上的手套型B.D.A，瞪著上空大吼：

「抱歉，我才剛學會這招，沒辦法控制力道。你可別死啊，大英傑……！」

吼聲剛落，開始有光線聚集到十六夜的右手上。然而這不是「模擬創星圖」，而是十六夜全身放出的光芒正在往右手集中。

他體內的血液路徑充滿星辰粒子體，人體的內外都開始脫離時間概念。

十六夜的姿勢非常拙劣，完全沒有反映出三年以來因為總是吃癟而去學習的武術。然而廢滅者能夠理解。

接下來要使出的一擊正如字面所示，將會帶著必殺之意從他手中擊出。

「──『Override with Another crown』──！」

十六夜說出關鍵語，心跳和血流都提高到極限。

當名為模擬發光的現象籠罩他的那一剎那──

──逆迴十六夜以第六宇宙速度衝上大帷幕。

*

那天晚上──兩場激鬥和三道光芒籠罩了亞特蘭提斯大陸。

畢竟還是第一天，參賽者之間的衝突僅限於這兩場。其他參賽者應該還在觀察狀況吧。

逆迴十六夜回到山腳的小屋，一看清小屋裡的人影後就狠狠咂嘴。

「……喲，你那邊的結果如何？」

「沒什麼好說。自稱『Ouroboros』首領的男子逃走，我的化身（Avatar）則如你所見。」

擁有紅玉眼眸的焰忍著笑意，全身上下都破破爛爛。

根據言行和力量，很明顯裡面並不是焰。

十六夜毫不掩飾自己的不快感，再度咂嘴後瞪向眼前的存在。

「化身(Avatar)啊……我完全沒料到焰有資格成為你的化身——你到底打著什麼主意，魔王阿吉．達卡哈？」

十六夜舉起戴在右手上的B.D.A，帶著憤怒表情往前踏了一步。雖然他之前先去幫助持斧羅摩脫離危機，但原本應該很想先處理這邊。

被喚作阿吉．達卡哈的西鄉焰哼哼悶笑幾聲，以表面恭敬實則狂妄的態度坐到床上。

「也沒打什麼主意。西鄉焰打從一開始就是我的化身，只要稍微思考想必就能明白吧？明白這個化身處於最有可能取代我的位置。」

「絕對惡」——有可能使用「星辰粒子體」毀滅世界之人。

人類的未來會因為掌權者取得第三類永動機「星辰粒子體」後的失控行徑而導致世界滅亡，這是十六夜做出的最後考察。不過這是在聽完俄爾甫斯告知的真相後才得出的結論，也就是不久之前。

而且這個考察還有一點錯誤。

「可惡，被擺了一道。掌權者的失控是絕對惡的其中之一，但毀滅世界的人**並不是掌權者**，那只是最後的導火線。絕對惡並不是當事者，而是單純的加害者。」

「沒錯。人類的文明，人類的進化，在人類追求生存的過程中，在這些軌跡中會出現必然脫落凋零的生命。由這份悲嘆培育出來的人，才會成為『絕對惡』的天賜之子。」

這是稍微推論就能知道的事情。

由人類去毀滅人類的理由，簡單來說只有三種。

原因就是既然是**由**人類自己**去**毀滅人類，那麼實行的犯人無論如何都必須是「不會以戰鬥的結果要求人類必須提供回報」的存在。換句話說，**掌權者並不符合這個條件**。

因此可能的狀況有三種。

第一個是「非故意的自滅」。

第二個是「把同樣身為人類的自身滅亡也一起作為賭注的終極獻身行為」。

第三個是——「對所有人類的復仇，連自身滅亡也包含在內」。

「所以會毀滅世界的天賜之子，其實是『有權利對所有人類展開復仇的人』——基於這層意義，西鄉焰最接近加害者的立場，但同時也是被害者。因為在人類的原罪面前，這個不成熟少年心中懷抱的理想，實在過於弱小。」

魔王阿吉．達卡哈咧嘴笑著，聲稱就是因為這樣，才會讓人如此愉快。十六夜以帶有怒火的視線瞪著他。

「……魔王，你是在嘲笑焰刻劃下的軌跡嗎？」

「怎麼會，我打心底感到愉快，但是並非嘲笑。如果讓你產生誤會，我願意表示歉意，吾之勇者。」

阿吉・達卡哈收起笑容，雙手環胸。

然而他無法抑制愉快的心情，紅玉眼眸裡仍透著微笑。

「吾之勇者。原本我只有在西鄉焰下定決心毀滅人類時才會顯現，所以當你們兩人的決心已經走上救濟白化症黑人的方向時，我的靈格應該要從西鄉焰身上完全消滅。」

「……哦？你的意思是發生了異常狀況？」

面對十六夜帶著懷疑的眼神，完全收起笑意的魔王點了點頭。

「沒錯，以這次的儀式為開端，人類的未來已經完全固定在『救濟』的方向。接下來只剩下太陽主權戰爭……但是，看樣子有人想表示異議。」

不祥的風從兩人之間吹過。

表現出不快感的魔王咂了咂嘴，透過窗口看向天空。

「……開始吹起衰微之風了。」

「衰微之風？就是那個什麼最強的弒神者？」

「沒錯，被你們稱為『衰微之風（End Emptiness）』的怪物，無貌的魔王。那玩意兒得到附身對象，正打算以其他形式現身——這原本是絕對不可能的事情。像那樣的未來，應該不存在於任何地方。所以你可以把現在的我當成歷史的修正者。」

原本應該不存在的未來試圖出現。

魔王抬起三顆頭顯露怒氣，握緊拳頭像是想把風抓在手裡。

「吾之勇者啊，我忍辱把力量借給這個不成熟之人的理由有二。第一個理由，當然是為了迅速處理那個不識相的魔王。至於另外一個理由——是為了把挑戰過『絕對惡』的所有勇者之魂確實送往未來。」

「…………」

和魔王的每一場戰鬥都有著明確的意義。

在魔王面前凋落的所有犧牲全都具備價值。

為了證明這一點，絕對不能讓綿延至今的人類歷史才走到途中就被迫斷絕。

只是身為當事人的十六夜聽到自己被稱為勇者，似乎很不快地搔著腦袋。

「……哼，這事聽起來很痛快，但是不巧，我正在忙著破解亞特蘭提斯大陸的謎題。也不知道有多少空閒時間可以分給……」

「真是愚蠢的問題。你已經察覺亞特蘭提斯大陸和『星之大鍋』之間存在著明確的共通點吧？這是只要知道沉眠於希臘地中海的大鍋就能立刻推測出的情報。」

嗚……十六夜把話又吞了回去。就算肉體是西鄉焰，但裡面的意識不愧是大魔王。看來打馬虎眼根本沒有意義。

「……逆迴十六夜，打倒『絕對惡』的吾之勇者啊。這是你的職責，也是必須欺騙黑暗，躲過命運的魔手——比星光更快到達未來的義務。」

「嗚……！」

為了達到這目標的力量就是那東西，魔王指著十六夜的右手。

讓人體化為模擬粒子來產生的光速運動。

魔王阿吉・達卡哈以靈魂之力引出的最後祕技。

「逆迴十六夜，你要在衰微之風肆虐之前解開這個大陸的謎題。我相信不會是其他人——而是你，才是擁有『無偏見之眼』的人。」

「嗚……等一下！你這混帳……！」

西鄉焰突然失去意識倒下。先前從他身上散發出的威脅感和壓力已經消失，顯然是魔王把身體還給身為化身的焰。

「可惡，居然自顧自地講完自己想講的話……我也有很多意見想說啊……！」

十六夜有一大堆話想對三頭龍抱怨，那傢伙卻只把自己想講的話一股腦講完，然後立刻回去沉眠。

十六夜咬著牙瞪向天空，但是現在投身戰鬥的理由變多了。

太陽主權戰爭——挑戰這個謎題和人類的未來並非無關。換句話說，其實所有一切都互有關聯。

那麼，要抓住那個三頭龍的影子也並非不可能。

現在可以暫時接受他的操控，但是自己可沒有打算一直被利用下去。就像是在瞪著命運的黑暗，逆迴十六夜持續仰望著星空。

後記

「閉鎖世界」遭到否決。
「絕對惡」敗給善性。
於是，最後的考驗——無貌的魔王，人類衰微的時代就此到來。

＊

天在呼喚！地在呼喚！人在呼喚！
有人叫我快點出版！主要是編輯在說！
大約相隔十個月的新刊，降臨於此！（註：此指日版出版進度）
哎呀，這次真的很難產！因為半途又全部打掉重寫了兩次，導致日程表非常吃緊，對於依舊快速畫出高品質插圖的ももこ老師，我滿心只有感謝。
我一邊去了在台灣舉行的簽名會、歐洲旅行、水上都市威尼斯、羅馬教廷所在的梵蒂岡，還有因為火山爆發而被掩埋的龐貝古城等地，同時為下一集做準備。
關於從第一部開始的最大謎題，也就是「本作品的人類是因為什麼理由而迎接滅亡呢？」這個謎題……各位是否覺得有趣呢？
在走到這一步之前，我自認有放出各式各樣用來推理的要素，不過應該也有很多人認為輕小說裡並不需要那麼周密的東西，所以竜ノ湖我打算在下一集讓可愛的女孩子們嘻嘻哈哈地親密交流一下。我想大家差不多想看看由ももこ老師繪製的可愛女性角色在藍天碧海中嬉戲的畫面了吧？我自己就很想看。
從下次開始，在「亞特蘭提斯大陸篇」結束前，都會是滿滿的箱庭相關劇情。
彌諾陶洛斯傳說之謎、自稱是黑天的敵人，還有以「Ouroboros」為名的敵人之真正目的到底是什麼呢！……我想其中應該至少可以攻克三項。
話雖如此，如果繼續保持現狀，還是很難掌握作品的世界觀之類吧。
我在上一集裡也有提過，為了完全表現出這個系列並讓讀者能樂在其中，果然還是必須寫出「打從一開始就該展示出來的世界」，所以去找了編輯商量。
關於人類衰微的時代，還有身為象徵的魔王。
這是從推出《問題兒童》系列之前的作品繼承而來的概念，也是我在別的作品裡最早創造出的弒神魔王。照理來說，應該要是頭一個被公開的故事。
我把提及該故事的情報放在這篇後記之後，還請各位務必確認一下。

去。

今年的目標是好好努力推出四本……不，三本……？作品，希望大家能陪伴我繼續走下去。

那麼下一集，或是在網路連載時再會了！

竜ノ湖太郎

於是，
人類衰微的
illustration by TOKYO GENSO

時代
到來了。
竜ノ湖太郎
新企畫
啟動

國家圖書館出版品預行編目資料

問題兒童的最終考驗.4, 王者再臨 / 竜ノ湖太郎作 ; 羅尉揚譯. -- 初版. -- 臺北市 : 臺灣角川, 2018.01

面； 公分

譯自 : ラストエンブリオ. 4, 王の帰還

ISBN 978-957-564-002-6(平裝)

861.57 106021775

Kadokawa
Fantastic
Novels

問題兒童的最終考驗 4
王者再臨

（原著名：ラストエンブリオ 4 王の帰還）

2018年2月1日 初版第1刷發行
2021年1月11日 初版第4刷發行

作者：竜ノ湖太郎
插畫：ももこ
譯者：羅尉揚
發行人：岩崎剛人
總編輯：蔡佩芬
主編：朱哲成
美術設計：宋芳茹
印務：李明修（主任）、張加恩（主任）、張凱棋
發行所：台灣角川股份有限公司
地址：105台北市光復北路11巷44號5樓
電話：（02）2747-2433
傳真：（02）2747-2558
網址：http://www.kadokawa.com.tw
劃撥帳戶：台灣角川股份有限公司
劃撥帳號：19487412
法律顧問：有澤法律事務所
製版：尚騰印刷事業有限公司
ISBN：978-957-564-002-6